庫

31-108-2

原民喜全詩集

岩波書店

目　次

原民喜詩集

拾遺詩篇

詩集その一　かげろふ断章

原民喜全詩集

原民喜詩集

ある時刻

一九四三―四四年

昼

わたしは熱があつて睡つてゐた。庭にザアザアと雨が降つてゐる真昼。しきりに虚しいものが私の中をくぐり抜け、いくらくぐり抜けても、それはわたしの体を追つて来た。かすかな悶えのなかに何とも知れぬ安らかさがあつた。雨の降つてゐる庭がそのまゝ私の魂となつてゐるやうな、ふしぎな時であつた。私はうつうつと祈つてゐるのだつた。

夕

わたしはあそこの空に見とれてゐる。今の今、簷近くの空が不思議と美しい。一日中濁つた空であつたのが、ふと夕ぐれほんの一ところ、かすかな光をおび、淡い青につゝまれてゐる。病み呆けたはての空であらうか。幻の道のゆくてであらうか。あやしくもかなしい心をそゝるのである。

あけがた

あけがたになつて見るさまざまの夢。私は人から責められてひどく弱つてゐる。夢の中で私を責める人は私がひどく弱つてゐるゆゑなほ苛まうとするらしい。夢のなかゆゑ、かうも心は細るのに、暗い雨のなかをつきぬけてその人はやつて来る。

昼すぎ

朝はたのしさうに囀つてゐた小鳥が昼すぎになると少し疲れ気味になつてゐる。昼すぎになると、夕方のけはひがする。ものうい心に熱のくるめき。

浮寝鳥

冷え冷えとしたなかに横はつて、まだはつきりと目のさめきらないこのかなしさ。おまへのからだのなかにはかぎりない夢幻がきれぎれにただよつてゐて、さびれた池の淡い日だまりに、そのぬくもりにとりすがつてゐる。

梢

散り残つた銀杏の葉が、それがふと見える窓が、昼のかすかなざわめきに悶えてゐる姿が、わたしが見たのか、むかふの方からわたしを見てゐるのか、はつきりしないのだが、たしかに透きとほつたものゝ隙間が、ひつそりとすぎてゆく夢のやうに。

径

逃げて行つた秋のはばたきが、叢と木立の奥に消えてゆく径の方に、鋭い叫びを残して。

枯野

薄の穂の白い光があとからあとから見えては消え、消えては見え、真昼ではありながら、まよなかの夢のさけびを。

星

星が私の額を突き刺した。その光は私の心臓に喰入り、夜毎、怪異な夢魔となつた。私が魔ものに追駆けられてゐる時、天上の星も脅えきつてゐた。呪はれの夜があけてゆく時、消えのこる星がしづかに頷いたものだ。

暁

外は霙でも降つてゐるといふのだらうか。みぞれに濡れてとぼとぼと坂をのぼる冷えきつた私の姿があり、私のからだは滅入りきつてゐる。もう一ど暗いくらい睡りのなかへかへつてゆくことよりほかになんののぞみもない。いじけた生涯をかへりみるのであつた。

夜あけ

おまへはベツトの上に坐りなほつて、すなほにならう、まことにかへらうと一心に夜あけの姿に祈りさけぶのか。窓の外がだんだん明るんで、ものゝ姿が少しづつはつきりしてくることだけでも、おまへの祈りはかなへられてゐるのではないか。しづかな、やさしいあまりにも美しい時の呼吸づかひをじつと身うちに感じながら。

夕ぐれになるまへ

夕ぐれになるまへである、しづかな歌声が廊下の方でする。看護婦が無心に歌つてゐるのだ。夕ぐれになるまへであるから、その歌ごゑは心にこびりつく。

遠　景

うすい靄につゝまれた遠くの家々の屋根がふと一様に白い反射で浮上つてゐ

る。まるでいまなにかが結晶してゐるやうな、つめたい窓にしづまりかへるながめ。

枯木

ふとわれに立ちかへり、眼は空の枯木の梢にとどく。網の目をなして空にひろがる梢の、かなたにのびてゆくものがある。かすかにそれをみとどけねばならぬ。

枯木

夢のなかで怕い老婆は私を背に負つたまゝ真黒な野をつ走つた。青白い棚雲の下に箒を倒立てたやうな枯木が懸つてゐて、それがつぎつぎに闇の底に倒れて行つた。

三日月

細つそりした顔も姿も象牙でできてゐる人物が仄暗い廊下を横ぎり、寒い雲に乗る三日月のうしろには茫とした翳がついてゐた。

ある時刻

ある朝ある時刻に中空の梢からひらひらと小さな木の葉は舞ひ落ちてゐた。
それをひきちぎるなにものもないやうな、そんな静けさのなかにありながら、やはり木の葉はキラキラと輝いて美しい流れをなしてゐた。

雪の日に

私はのぞみのない物語を読んでゐた。雪のふりつもつた広場に荷車が棄てられてゐて悲しい凹みを白い頁にのこしてゐる。それは読みかゝりの一章であつた。だんだん夕ぐれが近づいて来ると軒の雪は青くふるへた。混みあふ電車の中で娘はひしがれた顔をゆがめた。すべてがわびしい闇のなかに――物語の終結は近づいてゐた。

小さな庭

一九四四―四五年

庭

暗い雨のふきつのる、あれはてた庭であつた。わたしは妻が死んだのを知つておどろき泣いてゐた。泣きさけぶ声で目がさめると、妻はかたはらにねむつてゐた。

……その夢から十日あまりして、ほんとに妻は死んでしまつた。庭にふりつのるまつくらの雨がいまはもう夢ではないのだ。

そら

おまへは雨戸を少しあけておいてくれというた。おまへは空が見たかつたのだ。うごけないからだゆゑ朝の訪れが待ちどほしかつたのだ。

闇

もうこの部屋にはないはずのおまへの柩がふと仄暗い片隅にあるし、妖しい胸のときめきで目が覚めかけたが、あれは鼠のしわざ、たしか鼠のあばれた音だとうとうと思ふと、いつの間にやらおまへの柩もなくなつてゐて、ひんやりと闇の闇にかへつた。

菊

あかりを消せば褥の襟にまつはりついてゐる菊の花のかほり。昨夜も今夜もおなじ闇のなかの菊の花々。嘆きをこえ、夢をとだえ、ひたぶるにくひさがる菊の花のにほひ。わたしの身は闇のなかに置きわすれられて。

真冬

草が茫々として、路が見え、空がたれさがる、……枯れた草が濛々として、白い路に、たれさがる空……。あの辺の景色が怕いのだとおまへは夜更におののきながら訴へた。おまへの眼のまへにはピンと音たてて割れさうな空気があつた。

沼

足のはうのシイツがたくれてゐるのが、蹠に厭な頼りない気持をつたへ、沼のどろべたを跣足で歩いてゐるやうだとおまへはいふ。沼のあたたかい枯葉がしづかに煙むつて、しづかに睡むつてゆくすべはないのか。

墓

うつくしい、うつくしい墓の夢。それはかつて旅をしたとき何処かでみた景色であつたが、こんなに心をなごますのは、この世の眺めではないらしい。たとへば白い霧も嘆きではなく、しづかにふりそそぐ月の光も、まばらな木々を浮彫にして、青い石碑には薔薇の花。おまへの墓はどこにあるのか、立ち去りかねて眺めやれば、ここらあたりがすべて墓なのだ。

ながあめ

ながあめのあけくれに、わたしはまだたしかあの家のなかで、おまへのことを考へてくらしてゐるらしい。おまへもわたしもうつうつと仄昏い家のなかにとぢこめられたまま。

岐阜提灯

秋の七草をあしらつた淡い模様に、蠟燭の灯はふるへながら呼吸づいてゐた。ふるへながら、とぼしくなつた焰は底の方に沈んで行つたが、今にも消えうせさうになりながら、またぽつと明るくなり、それからヂリヂリと曇つて行くのだつた。……はじめ岐阜提灯のあかりを悦んでゐた妻はだんだん憂鬱になつて行つた。あかりが消えてしまふと、宵闇の中にぼんやりと白いものが残つた。

朝の歌

雨戸をあけると、待ちかねてゐた箱のカナリヤが動きまはつた。縁側に朝の日がさし、それが露に濡れた青い菜つぱと小鳥の黄色い胸毛に透きとほり、箱の底に敷いてやる新聞紙も清潔だつた。さうして妻は清々しい朝の姿をうち眺めてゐた。

いつからともなくカナリヤは死に絶えたし、妻は病んで細つて行つたが、それでも病室の雨戸をあけると、やはり朝の歌が縁側にきこえるやうであつた。それから、ある年、妻はこの世をみまかり、私は栖みなれた家を畳んで漂泊の身となつた。けれども朝の目ざめに、たまさかは心を苦しめ、心を弾ます一つのイメージがまだすぐそこに残つてゐるやうに思へてならないのだつた。

鬼灯図

なぜか私は鬼灯の姿にひきつけられて暮してゐた。どこか幼い時の記憶にありさうな、夢の隙間がその狭い庭にありさうで……。初夏の青い陽《かげ》さす青鬼灯のやさしい蕾。暗澹たる雷雨の中に朱く熟れた鬼灯の実。夏もすがれ秋はさりげなく蝕まれて残る鬼灯の茎。かぼそく白い網のやうな繊維の袋のなかに照り映えてゐる真冬の真珠玉。そして春陽四月、土くれのあちこちからあはただしく萌え出る魔法の芽。……いく年かわたしはその庭の鬼灯の姿に魅せられて暮してゐたのだが、さて、その庭のまはりを今も静かに睡つてただよつてゐるのは、妻の幻。

秋

窓の下にすきとほつた靄が、葉の散りしだいた並木はうすれ、固い靴の音がしていくたりも通りすぎてゆく乙女の姿が、しづかにねむり入つたおんみの窓の下に。

鏡のやうなもの

鏡のやうなものを、なんでも浮かび出し、なんでも細かにうつる、底しれないものを、こちらからながめ、むかふにつきぬけてゆき。

夜

わたしがおまへの病室の扉を締めて、廊下に出てゆくと、長いすべすべした廊下にもう夕ぐれの気配がしのび込んでゐる。どこよりも早く夕ぐれの訪れて来るらしいそこの廊下や階段をいくまがりして、建物の外に出ると澄みわたつた空に茜雲が明るい。それから病院の坂路を下つてゆくにつれて、次第にひつそりしたものが附纏つて来る。坂下の橋のところまで来ると街はもうかなり薄暗い。灯をつけてゐる書店の軒をすぎ電車の駅のところまで来ると、とつぷり日が沈んでしまふ。混み合ふ電車に揺られ次の駅で降りると、もうあたりは真暗。私は袋路の方へとぼとぼ歩いて行き、家の玄関をまたぎ大急ぎで電燈を捻る。すると、私にははじめて夜が訪れて来るのだつた、おまへの居ない家のわびしい夜が。

頌

沢山の姿の中からキリキリと浮び上つて来る、あの幼な姿の立派さ。私はもう選択を誤らないであらう。嘗ておまへがそのやうに生きてゐたといふことだけで、私は既に報いられてゐるのだつた。

かけかへのないもの

かけかへのないもの、そのさけび、木の枝にある空、空のあなたに消えたいのち。
はてしないもの、そのなげき、木の枝にかへつてくるいのち、かすかにうづく星。

病　室

おまへの声はもう細つてゐたのに、咳ばかりは思ひきり大きかつた。どこにそんな力が潜んでゐるのか、咳は真夜中を選んでは現れた。それはかたはらにゐて聴いてゐても堪えがたいのに、まるでおまへを揉みくちやにするやうな発作であつた。嵐がすぎて夜の静寂が立もどつても、病室の嘆きはうつろはなかつた。嘆きはあつた、……そして、じつと祈つてゐるおまへのけはひも。

春

不安定な温度のなかに茫として過ぎて行つた時間よ。あんな麗しいものが梢の青空にかかり、――それを眺める瞳は、おまへであつたのか、わたしであつたのか――土のおもてに満ちあふれた草花。(光よ、ふりそそげ)かつておまへの瞳をとほして眺められた土地へ。

画　集

落　日

湖のうへに、赤い秋の落日があつた。ほんとに、なごやかな一日であつたし、あんな、たつぷりした入日を見たことはないと、お前も云つた。いつまでも、あの日輪のすがたは残つた、紙の上に、心の上に、そして、お前が死んでからは、はつきりと夢の中に。

故園

土蔵の跡の石に囲まれた菜園、ここは一段と高く、とぼしい緑を風に晒してゐる。わたしはさまざまなことをおもひだす。薄暗い土蔵の小さな窓から仄かに見えてゐた杏の花。母と死別れた秋、蔵の白い壁をくつきりと照らしてゐた月。ふるさとの庭は年老いて愁も深かつたが……。ふしぎな朝の夢のなかでは、ずしんと崩壊した刹那の家のありさまが見えてくるのだ。

記憶

もしも一人の男がこの世から懸絶したところに、うら若い妻をつれて、そこで夢のやうな暮しをつづけたとしたら、男の魂のなかにたち還つてくるのは、恐らく幼ない日の記憶ばかりだらう。そして、その男の幼児のやうな暮しが、ひつそりとすぎ去つたとき、もう彼の妻はこの世にゐなかつたとしても、男の魂のなかに栖むのは妻の面影ばかりだらう。彼はまだ頑に呆然と待ち望んでゐる、満目蕭条たる己の晩年に、美しい記憶以上の記憶が甦つてくる奇蹟を。

植物園

はげしく揺れる樹の下で、少年の瞳は、雲の裂け目にあつた。かき曇る天をながれてゆく龍よ……。

その頃、太陽はギドレニイの絵さながらに、植物園の上を走つてゐた。忍冬、木犀、そんなひつそりとした樹木が白い径に並んでゐて、その径を歩いてゐるとき、野薔薇の花蔭から幻の少女はこちらを覗いてゐた。樹の根には、しづかな埋葬の図があつた。色どり華やかな饗宴や、虔しい野らの祈りも、殆どすべての幻があそこにはあつたやうだ。それは一冊の画集のやうに今も懐しく私のなかに埋れてゐる。

黒すみれ

体のすみずみまで、もう過ぎ去つた、お前の病苦がじかに感じられて、睡れない一夜がすぎると、砂埃のたつ生温かい日がやつて来た。かういふ日である、何か考へながら、何も云はず、力ないまつげのかげに、熱い眼がみひらかれてゐたのは。

真　昼

うつとりとお前の一日がすぎてゆくほとりで、何の不安もなく伸びてゐたものがある。それは小さな筍が竹になる日だつた。そよ風とやはらかい陽ざしのなかに、縺れてほほゑむ貌は病んでゐたが。

露

キラキラと光りながれるものが涙をさそふなら、闇にうかぶ露が幻でないなら、おもひつめた、パセチックな眼よ。

部屋

小さな部屋から外へ出て行くと坂を下りたところに白い空がひろがつてゐる。あの空のむかふから私の肩をささへてゐるものがある。ぐつたりと私を疲れさせたり、不意に心をときめかすものが。

私の小さな部屋にはマツチ箱ほどの机があり、その机にむかつてペンをもつてゐる。ペンをもつてゐる私をささへてゐるものは向に見える空だ。

一つの星に

わたしが望みを見うしなつて暗がりの部屋に横はつてゐるとき、どうしてお前は感じとつたのか。この窓のすき間に、あたかも小さな霊魂のごとく滑りおりて憩らつてゐた、稀れなる星よ。

はつ夏

ゆきずりにみる人の身ぶりのうちから　そのひとの昔がみえてくる。垣間みた　あやめの花が　をさない日の幻となる。胸をふたぐといふのではない、いつのまにかつみかさなつたものが　おのれのうちにくるめいてゐる。藤の花の咲く空、とびかふ燕。

気鬱

母よ、あなたの胎内に僕がゐたとき、あなたを駭かせたといふ近隣の火災が、あのときのおどろきが僕にはまだ残つてゐる。（そんな古いことを語るあなたの記憶のなかに溶込まうとした僕ももう昔の僕になつてしまつたが）母よ、地上に生き残つていつも脅やかされとほしてゐるこの心臓には、なにかやはりただならぬ気鬱が波打つてゐる。

祈り

私は夏の数日を、その家の留守をあづかつてゐた。広い家ではなかつたが、ひとり暮しには閑寂で、宿なしの私には珍しく気分が落着いてきた。ある夜ふけ、窓から月が差し、……すると、お前と暮してゐた昔どほりの家かとおもへた。

もつと軽く　もつと静かに、たとへば倦みつかれた心から新しいのぞみのひらかれてくるやうに　何気なく畳のうへに坐り、さしてくる月の光を。

夜

荒れ野を叫びながら逃げまどつてゐたときも、追ひつめられて息がと絶えさうになつたときも、緑色の星と凍てついてしまつたときも、お前は睡つてゐた
睡つてゐた　おほらかな嘆きのやうに。

死について

お前が凍てついた手で　最後のマッチを擦つたとき、焔はパッと透明な球体をつくり　清らかな優しい死の床が浮かび上つた。

誰かが死にかかつてゐる　誰かが死にかかつてゐると　お前の頬の薔薇は呟いた。小さな　かなしい　アンデルセンの娘よ。

僕が死の淵にかがやく星にみいつてゐるとき、いつも浮んでくるのはその幻だ。

冬

いま朝が立ちかへつた。見捨てられた宇宙へ、叫びとなつて突立つてゆく
針よ　真青な裸身の。

原爆小景

コレガ人間ナノデス

コレガ人間ナノデス
原子爆弾ニ依ル変化ヲゴラン下サイ
肉体ガ恐ロシク膨脹シ
男モ女モスベテ一ツノ型ニカヘル
オオ　ソノ真黒焦ゲノ滅茶苦茶ノ

爛レタ顔ノムクンダ唇カラ洩レテ来ル声ハ
「助ケテ下サイ」
ト　カ細イ　静カナ言葉
コレガ　コレガ人間ナノデス
人間ノ顔ナノデス

燃エガラ

夢ノナカデ
頭ヲナグリツケラレタノデハナク
メノマヘニオチテキタ
クラヤミノナカヲ
モガキ　モガキ

ミンナ　モガキナガラ
サケンデ　ソトヘイデユク
シュポッ　ト　音ガシテ
ザザザ　ト　ヒックリカヘリ
ヒックリカヘッタ家ノチカク
ケムリガ紅クイロヅイテ

河岸ニニゲテキタ人間ノ
アタマノウヘニ　アメガフリ
火ハムカフ岸ニ燃エサカル
ナニカイッタリ
ナニカサケンダリ
ソノクセ　ヒッソリトシテ
川ノミヅハ満潮

カイモク　ワケノワカラヌ
顔ツキデ　男ト女ガ
フラフラト水ヲナガメテヰル

ムクレアガツタ貌ニ
胸ノハウマデ焦ケタダレタ娘ニ
赤ト黄ノオモヒキリ派手ナ
ボロキレヲスツポリカブセ
ヨチヨチアルカセテユクト
ソノ手首ハブランブラント揺レ
漫画ノ国ノ化ケモノノ
ウラメシヤアノ恰好ダガ
ハテシモナイ　ハテシモナイ
苦患ノミチガヒカリカガヤク

火ノナカデ　電柱ハ

火ノナカデ
電柱ハ一ツノ蕊ノヤウニ
蠟燭ノヤウニ
モエアガリ　トロケ
赤イ一ツノ蕊ノヤウニ
ムカフ岸ノ火ノナカデ
ケサカラ　ツギツギニ
ニンゲンノ目ノナカヲオドロキガ
サケンデユク　火ノナカデ
電柱ハ一ツノ蕊ノヤウニ

日ノ暮レチカク

日ノ暮レチカク
眼ノ細イ　ニンゲンノカホ
ズラリト河岸ニ　ウヅクマリ
細イ細イ　イキヲツキ
ソノスグ足モトノ水ニハ
コドモノ死ンダ頭ガノゾキ
カハリハテタ　スガタノ　細イ眼ニ
翳ツテユク　陽ノイロ
シヅカニ　オソロシク
トリツクスベモナク

真夏ノ夜ノ河原ノミヅガ

真夏ノ夜ノ
河原ノミヅガ
血ニ染メラレテ　ミチアフレ
声ノカギリヲ
チカラノアリッタケヲ
オ母サン　オカアサン
断末魔ノカミツク声
ソノ声ガ
コチラノ堤ヲノボラウトシテ
ムカフノ岸ニ　ニゲウセテユキ

ギラギラノ破片ヤ

ギラギラノ破片ヤ
灰白色ノ燃エガラガ
ヒロビロトシタ　パノラマノヤウニ
アカクヤケタダレタ　ニンゲンノ死体ノキメウナリズム
スベテアッタコトカ　アリエタコトナノカ
パット剝ギトッテシマッタ　アトノセカイ
テンプクシタ電車ノワキノ
馬ノ胴ナンカノ　フクラミカタハ
プスプストケムル電線ノニホヒ

焼ケタ樹木ハ

焼ケタ樹木ハ　マダ
マダ痙攣ノアトヲトドメ
空ヲ　ヒツカカウトシテヰル
アノ日　トツゼン
空ニ　マヒアガツタ
竜巻ノナカノ火箭
ミドリイロノ空ニ樹ハトビチツタ
ヨドホシ　街ハモエテヰタガ
河岸ノ樹モキラキラ
火ノ玉ヲカカゲテヰタ

水ヲ下サイ

水ヲ下サイ
アア　水ヲ下サイ
ノマシテ下サイ
死ンダハウガ　マシデ
死ンダハウガ
アア
タスケテ　タスケテ
水ヲ
水ヲ
ドウカ

ドナタカ
オーオーオー
オーオーオー
天ガ裂ケ
街ガ無クナリ
川ガ
ナガレテヰル
オーオーオー
オーオーオー
夜ガクル
夜ガクル
ヒカラビタ眼ニ

タダレタ唇ニ
ヒリヒリ灼ケテ
フラフラノ
コノ　メチヤクチヤノ
顔ノ
ニンゲンノウメキ
ニンゲンノ

永遠のみどり

ヒロシマのデルタに
若葉うづまけ

死と焔の記憶に
よき祈よ　こもれ

とはのみどりを
とはのみどりを

ヒロシマのデルタに
青葉したたれ

魔のひととき

魔のひととき

尾花の白い幻や　たれこめた靄が
もう　今にも滴り落ちさうな
冷えた涙のわきかへる　わきかへる

この魔のひとときよ

とぼとぼと坂をくだり径をゆけば
人の世は声をひそめ

キラキラとゆらめく泉
笑まひ泣く　あえかなる顔

外食食堂のうた

毎日毎日が僕は旅人なのだらうか
驟雨のあがつた明るい窓の外の鋪道を
外食食堂のテーブルに凭れて　僕はうつとりと眺めてゐる
僕を容れてくれる軒が何処にもないとしても

かうしてテーブルに肘をついて憩つてゐる
昔、僕はかうした身すぎを想像だにしなかつた
明日、僕はいづこの巷に斃れるのか
今、ガラス窓のむかふに見える街路樹の明るさ

讃　歌

濠端の鋪道に散りこぼれる槐の花
都に夏の花は満ちあふれ心はうづくばかりに憧れる
まだ邂合したばかりなのに既に別離の悲歌をおもはねばならぬ私
「時」が私に悲しみを刻みつけてしまつてゐるから
おんみへの讃歌はもの静かにつづられる

おんみ最も美しい幻
きはみなき天をくぐりぬける一すぢの光
破滅に瀕せる地上に奇蹟のやうに存在する
おんみの存在は私にとつて最も痛い
死が死をまねき罪が罪を深めてゆく今
一すぢの光はいづこへ突抜けてゆくか

感　涙

まねごとの祈り終にまことと化するまで、

つみかさなる苦悩にむかひ合掌する。
指の間のもれてゆくかすかなるものよ、
少年の日にもかく涙ぐみしを。

おんみによつて鍛へ上げられん、
はてのはてまで射ぬき射とめん、
両頰をつたふ涙　水晶となり
ものみな消え去り　あらはなるまで。

ガリヴァの歌

必死で逃げてゆくガリヴァにとつて
巨大な雲は真紅に灼けただれ

その雲の裂け目より
屍体はパラパラと転がり墜つ
轟然と憫然と宇宙は沈黙す

されど後より後より追まくつてくる
ヤーフどもの哄笑と脅迫の爪
いかなればかくも生の恥辱に耐へて
生きながらへん　と叫ばんとすれど
その声は馬のいななきとなりて悶絶す

家なき子のクリスマス

主よ、あはれみ給へ　家なき子のクリスマスを

今　家のない子はもはや明日も家はないでせう　そして
今　家のある子らも明日は家なき子となるでせう
あはれな愚かなわれらは身と自らを破滅に導き
破滅の一歩手前で立ちどまることを知りません
明日　ふたたび火は空より降りそそぎ
明日　ふたたび人は灼かれて死ぬでせう
いづこの国も　いづこの都市も　ことごとく滅びるまで
悲惨はつづき繰り返すでせう
あはれみ給へ　あはれみ給へ　破滅近き日の
その兆に満ち満てるクリスマスの夜のおもひを

碑銘

遠き日の石に刻み
　　砂に影おち
崩れ墜つ　天地のまなか
一輪の花の幻

風景

水のなかに火が燃え
夕靄のしめりのなかに火が燃え

枯木のなかに火が燃え
歩いてゆくく星が一つ

悲　歌

濠端の柳にはや緑さしぐみ
雨靄につつまれて頬笑む空の下

水ははつきりと　たたずまひ
私のなかに悲歌をもとめる

すべての別離がさりげなく　とりかはされ
すべての悲痛がさりげなく　ぬぐはれ

祝福がまだ　ほのぼのと向に見えてゐるやうに
私は歩み去らう　今こそ消え去つて行きたいのだ
透明のなかに　永遠のかなたに

拾遺詩篇

詩集その一

かげろふ断章

昨日の雨

散歩

誰も居てはいけない
そして樹がなけらねば
さうでなけらねば
どうして私がこの寂しい心を
愛でられようか

蟻

遠くの路を人が時時通る
影は蟻のやうに小さい
私は蟻だと思つて眺める
幼い児が泣いた眼で見るやうに
それをぼんやり考へてゐる

机

何もしない

日は過ぎてゐる
あの山は
いつも遠いい

四　月

起きもしない
外はまばゆい
何だか静かに
失はれてゆく

眺望

それは眺めるために
山にかかつてゐたが
はるか向うに家があるなど
考へてゐると
もう消えてしまつたまつ白のうす雲だ

遅春

まどろんでゐると

屋根に葉が揺れてゐた
その音は微けく
もう考へるすべもなかつた

夏

みなぎれる空に
小鳥飛ぶ
さえざえと昼は明るく
鳥のみ動きて影はなし

川

愛でようとして
ためいきの交はる
ここの川辺は
茫としてゐる

川

川の水は流れてゐる
なんといふこともない

来てみれば
やがて
ひそかに帰りたくなる

小春日

樹はみどりだつた
坂の上は橙色だ
ほかに何があつたか
もう思ひ出さぬ
ただ　いい気持で歩いてゐた

秋空

一すぢの坂は遙けく
その果てに見る空の青さ
坂の上に空が
秋空が遠いい

遠景

幼いのか
山はひらたい

ぽつちりと
陽が紅らんだ

冬

こはれた景色に
夕ぐれはよい
色のない場末を
そよそよと歩けば

波紋

すべてはぼんやりとした
ぼんやりとして空も青い
水の上に波紋はかすか
すなほなる想ひに耽ける

愛憐

ひつそりと　枝にはじけつ
はじけつ

空に映れる
青める雪は

月　夜

雲や霧が白い
ほの白い
路やそして家も
ところどころにある

淡景

淡い色の
たのしみか
そのままに
樹樹は並んだ

疲れ

雪のなかを歩いて来た
まつ白な路を見て

すやすやしながら
大そう　うつかりしてゐた

京　に　て　——悼詩

眺めさせや
甍の霜
夢のごとおもひつつ
この霜のかくも美《は》しき

春望

つれづれに流れる雲は
美しさをまして行く
春陽の野山に
今日は来て遊んだ

旅懐

山水の後には
空がある

空は春のいたるところに
浅浅と残されてゐる

山

影こそ薄く
思ひは重し
霞のなかの山なれば
山に隠るる山なれば

梢

ふと見し梢の
優しかる
みどり煙りぬ
ささやかに

雲

私の一つ身がいとしい
雲もいとしい

時は過ぎず
うつうつと空にある

川の断章

1

川に似て
音もない
川のほとり
川のほとりの

2

空の色
寂び異なるか
水を映して
水にも映り

3

思ひは凍けて
川のひとすぢとなる

4

遠かれば
川は潜むか
流るるか
悠久として

5

現世《うつしよ》の川に
つながるるもの
現世の川に
ながれゆくもの

海

ねむれるにあらずや
海
仄かにしたはしき海
たまきはる命をさなく
我はまことになべてを知り得ず

五月

遠いい朝が来た

ああ　緑はそよいでゐる
晴れ渡つた空を渡る風
なにしに今日はやつて来たのだ

白　帆

あれはゆるい船だが
春風が麦をゆらがし
子供の目にはみんな眩しい
まつ白な帆が浮んでゐる

偶作

旅に来て
日輪の赤らむのを見た
朝は田家の霜に明けそめて
磯松原が澄んでゐる
一色につづく海が寒さうだ

春雨

雨は宵に入つてから

一層　静かであつた
床についてからは
降るさまがよく描かれた

冬　晴

冬晴の昼の
青空の大きさ
電車通りを
疲れて歩く

春の昼

日向ぼこにあきて
家に帰らうとすると
庭石の冷たさがほろりとふれた
ひつそりとして障子が見える

四月

昼は浅いねむりのなかに
身を微かなものと思ひつつ

しばらくは鳥の音も聴かぬ
そよ風の吹く心地して

花　見

桜の花のすきまに
青空を見る
すると　ひんやりしてゐるのだ
花がこの世のものと思はれない

青葉

朝露はいま
滴り落ちてくる
いたづらに樹を眺めたとて
空の青葉は深深としてゐる

ねそびれて　――熊平武二に

障子がぼうと明るんでゐる
廊下に出て見給へ

あんな優しい光だが
どこか鋭い

昨日の雨

青くさはらはかぎりもない
空にきく雲雀の声は
やがて淋しい

うらうらと燃えいでる
昨日の雨よりもえいでる
陽炎が濃ゆく燃えいでる

卓上

牡丹の花
まさにその花
力なき眼に
うつりて居る

旅の雨

雨にぬれて霞んでゐる山の
山には山がつづいてゐる

真昼ではあるし
雨は一日降るだらう

青空

うつろにふかき
ながまなこ
ただきはみなくひろがりて
かなしむものをかなしくす

小曲

人に送る想ひにあらず
蓮の花浮べし池は
なみなみと水をたたへつ
小波と風のまにまに

冬の山なみ

けふ汽車に乗つて
山を見る
中国の山脈のさびしさ
都を離れて山を見る
山が山にかさなり
冬空はやさしきものなり

断章

藤の花

ひそかに藤の花が咲いて居り
あさ風に揺れて居り
露しとしとと
うすぐらいところに

夏

山の上の空が
まつ青だ
雲が一つ浮んで
まつ青だ

昼

菜の花のあたりに
蝶がひらひらして居る

菜の花は沢山ある
蝶はひらひらして居る

朝

朝はとつくに来てゐた
雀ばかりが啼いてゐた
桜の花がにほつてゐた
空は青く晴れてゐた

夜の秋

きりきり虫が啼いてゐる
厨の土間で啼いてゐる
あまり間近くで啼いてゐる
きりきりきりと響くその声

朝の闇

目にただよひて朝の闇
しろがねいろの朝の闇
静かに聴けば　空車《から》
からからからと　空車

虚　愁

みどり輝く坂の上に
傷ましきかな　空の青
輝くものをいとはねど
空に消え入る鳥を見よ

菜　花

川の流れのかたはらに
自らなる菜畑は

ひねもす青き空の下
明るき花を開きけり

波の音

今　新しく打ちかへす
はじめてききし波の音
打ちかへしては波の音
潮の香暗き枕辺に

冬苑

動けるものは凍らねど
凍らぬ水の光はや
石を滑りて流れゆく
かぐろき水の光はや

二月

叫びをあげよ　蕗の薹
囁きかはし降る雨の

闇を潤すいとなみに
叫びをあげよ蕗の薹

車　窓

桃の花が満開で
小学生が二三人
朝の路にゐるんだ
けれども汽車はとまらない

師走

寒ざらしの空に
おころりおころりと軽気球が
たつた一つ浮んでゐる
そこから何が見えるのですか

六月

まだ半身は睡つてゐるのに
朝はからきし梅雨晴れだ

いいお天気になりました
ほんとにそれはさうである

不眠歌

夜耿耿而不寝兮
魂営営而至曙

(1)

眩しきものの照るなべに
夜の相《すがた》ぞおそろしき
青ざめはてし魂は
曙にして死ぬるべし

(2)

罪咎なれば堪へ得べし
こんこんこんこん　あさぼらけ
米をとぐ音　きこえ来る
いかでか我は　睡らざる

声

五月の朝にこだまして
青物市に声はあり

並ぶ車はことごとく
山と積みたる青きもの
青物市に声はあり

晩　春

うつつけものが鳥ならば
すういすういと泳ぐべし
けふやきのふやまたあすや
春惜しむ人や榎にかくれけり

五月

流るるごとき心地して
ひなげしの花を持ちてゐる
電車のなかの　をみなごよ
朝目よく吹く微風に

冬の日

紅き焰の日輪の
けふはさびしや鼠色

葱買ふて
枯木のなかを帰りけり

夜　想

(1)

昼を知つてゐて夜を知らぬか
見給へ　三田の午前一時は
何といふ鈴懸のすがすがしさだ
はきだめの上に露が明るし

(2)

雨を吸つて生きてゆく屋根
屋根は夜なかの舌である
その舌はかはきつて
一滴一滴と雨をのむ

窓

窓を開けてくれたのは誰だ
空か　お前であつたのか
崖のすすきはさうさうと
雲の流れに揺れてゐる

月　夜

(1)

川の向ふは川か
向ふには何があるのか
空に月は高いし
水も岸も今は遙かだ

(2)

月の夜の水の面は
呼吸するたびに変る
たとへば霧となり
闇となり光となる

反歌

うつつより出づるものなるに
なぜにかげろひきらめける
春の夕べに目ざむれば
梢を渡る風さむし

回想

(1)

春風にただよつて来る
よもぎぐさのにほひにうたれて
紅茶のなかにミルク注げば
みだれみだれて溶けゆくおもひ

(2)

春の陽のバケツに映りて
天井に照りかへしてゆらゆら
ゆらゆらと床にゐて眺め
幼な児の想ふことを想ふ

後記　ここに集めた詩は大正十二年から昭和三年頃のものであるが、その頃のありかは既に陽炎の如くおぼつかない。今これらの詩を読返してみるに一つ一つの断章にゆらめくものがまた陽炎ではないかと念へる。附録の散文詩は昭和十一年の作である。

昭和十六年九月二日、空襲避難の貴重品を纏めんとして、とり急ぎ清書す。

なぜ怖いか（大正十二年頃のもの）*

1

影法師は暗い処に居るから嫌です。ひよいと飛び出して私を抱へてつれて行かうと思つて樹や垣根の蔭に隠れて居るのです。

2

獅子の笛は金色だからいけないのです。あんなによく慄へる細い音はすぐ私のまつ青の顔を遠くから嗅ぎつけてしまひます。

3

猫の眼は美しすぎるのが悪いのです。あんまりよく光るものは気味のいいものではないし、その上あの啼き声があんな風に恨めし気なのですもの。

4

婆さんのおはぐろや女の人の金歯は虫か何かのやうに見えるからたまらないのです。それに笑ひ出すとその虫がぐちや〳〵動くのです。

5

気違ひや不具などは見ただけで私を憎んで居るのがわかります。あんなへんてこな手つきで殺されると大変だから私は逃げるのです。

＊編注――大正十五年九月、家庭内同人誌『沈丁花』一号掲載

散文詩

饗宴

乾いた星を鏤めて夜空はぴつたりと地上に被さつてゐる。埃まみれの亜鉛屋根は圧潰されたやうになつてゐるので、そのなかにゐる人間も圧潰されたやうな姿で、家の外に出て来る。

家の外につづいてゐるのは昼間の熱のまだ残つてゐる埃だらけの路である。生温かい道路は茫として白く浮上つてゐる。この道路は、疲れきつた人間の魂の秘密のやうに、妖しく、懐しく、そして、もはや何ごとも語らうとしない。疲れきつた人間は暫く立留まつて、埃の路をうち眺め、それからまた狭い家屋に這入つてしまふ。……

雨はもうこの地上を訪れることを忘れたらしく、狭い屋内にも道路にも呼吸苦しさが一様に漲つてゐる。睡れない人間はもはや睡れないことを諦めてゐる。ところが、ふと、亜鉛屋根に微かな砂を散ずるやうな音が始まる。ためらひ勝ちに落ちてゐたが、やがて沛然と音をたてゝ勢のいゝ雨が訪れる。屋根も、樹木も、道路も、みんなが、みんな泣き出す。雨を抱きついて、おいおいと泣くのである。

散　歩

忘れ河の河のほとりを微笑みながら歩いてゐる男がある。もうみんな生きてゐた時の記憶は忘れてしまつたらしい。それなのにその男は相変らずいゝ機嫌で歩いてゐる。まるでいたづらな小娘のやうに微笑みながら、何かめつけようとしてゐる彼の眼や、たえず喋らうとしてゐる彼の唇がある。涼しい太陽が靄の中を流れ、彼もたつた今目が覚めたばかりなのだ。もう一度睡くなつたら睡るばかりだ。

五月闇

闇の妖女の唇は、あんまり紅くて、まつ黒だ。まつ黒な、茫とした天と地が口をひらいてゐる真夜なか、ぎやぎやぎやぎやぎやぎやと青蛙が命をしぼつて啼いてゐる。何処の国の何時の時刻かもわからなくなり、汽車は夢中で走つて行く。ぎやぎやぎやぎやと追かけて来る声から逃れるため、汽車は顚覆しさうな速さで走るのだ。

酸漿

ほほづきの実に雨はばらばらと降りはじめ、ほほづきの葉蔭の薄闇に一疋の蚊の声は消えのこる。ほほづきの実は薄闇のなかにて、いよいよ熟れ、枝こそたはめ、ほほづきは今不思議な唸りを放ちて、地面に接れ、殆ど生ける唇と化した。この時天の一隅にさつと緑の閃きが走る。まこと厳しき眼球は光る。

秋雨

雨は夜の野原をびしよ濡れにし、空を動いて行く青白いサーチライトの光も濡れてゐる。闇のなかにサーチライトはゆるく揺れ、少しづつこちらにむけられて来る。まるでこちらを覘つてゐるやうに光の筒が二階の方へ這ひ上つて来る。窓にゐて眺めてゐた男は一瞬息をつまらせてしまつた。

喪中

A

私は何処に睡つてゐるのか不明瞭になつた。朝の光線や物音が漂つてゐて、もう起きなければならない時刻らしかつたが、私の枕頭に妻がゐて黙つて坐つてゐるものだから、もつと放心してゐてもよささうだつた。とにかくひどく神経が疲れてゐるし、魂はまだ号泣を続けてゐた。しかし、何も変つたことなぞない証拠に、妻は影のやうに私の枕頭にゐてくれる。……ところが今階段を誰かが昇つて来る音が、たしかに私の耳に入り、あの跫音は妻が私を起しに来たのだな、と私はぼんやり考へてゐる。すると跫音はもうすぐ部屋の入口に近づき、戸が開けられた。と、同時であつた。私の側に居た影は立上つて、大急ぎで戸口のところの妻へ近寄り、両方が歩み寄ると見るより、忽ち一つの人物に溶け合つてしまつた。そして、私は勿論、妻によつて揺り起されたのである。

B

睡れない闇の中で煙草を吸つた。顔の上にやつて寝たまゝ吸つてゐたが煙草の小さな火の美しさに私は段々見惚れた。はじめ赤い小さな炎のなかに現れて来たのは、何処かの邸と庭であつた。庭には歯朶や芭蕉が繁つて居り、邸の硝子窓に灯がともされてある。その景色はあまりに精密で灼熱であつた。煙草の火が次第に下に燃え移つて行くに随つて、私は今度は顔が浮ぶやうに思へた。ほんとにその次に現れたのは誰ともわからぬ一人の顔であつた。灰の中にあつて、燦然と輝く、生命のまなざしであつた。

彷徨

私はとぼとぼと生れ故郷の公園を歩いて行つた。颱風の余波があつて、空はしんと青かつた。十月の午後の光はいらだたしい植物の葉に触れてゐた。……私は十余年前、銭村五郎とよく訪れた神社の庭に踏込んでゐた。萩の花が咲いてゐた。後の山の松は一つ一つ揺れてゐた。しんかんとして誰もゐさうにない庭に、私は死んだ友達を持つてゐた。むしろ私の方が死んでるやうな気さへする。急に犬の吠える声が耳についた。玩具ほどの仔犬が今私をとがめて吠えて来るのだつた。

無　題

憂悶の涯に辿りつく睡りはまるで祈りのやうであつた。それをいつまでも私は辿つてゐたかつた。慟哭も憤怒もなべてはうつろなる睡りのなかに溶かし去られよ。

ああ、しかし、この時幽霊は来て、私の髪を摑んだ。現に、現実の生活の逼迫をどうしてくれるのだ、と彼女は激昂のあまり私に挑みかかつて来るのであつた。

詠嘆二章

春の美しい一日

春の美しい一日はたしかにある。暗い暗い人世に於いてすら、たしかにそんなものはあつた。

不思議なことに、それを憶ひ出すのは一つの纏つた絵としてである。私について云へば、額縁に嵌められた、春の野山の風景がある。霞んだ空と紫色の山と緑の道路とが、中学生の頭に一つの苦悩にまで訴へて、過ぎ去つた瞬間を追求させた。するとたしかに窓枠が浮んで来た。その窓のほとりで子供の私が悲んでゐた。四月の美しい空を眺めて、その日が過ぎて行かうとするのを恍惚としてゐた。何が一体恍惚に価したかと云へば、その日は桃の節句で、小さな玩具の鍋と七輪で姉が牛肉のきれつぽしを焚いて、焚けると云つて喜んでゐた。しかし、私の頭にはもつと何か美しいものが一杯とその日には満ちてゐた。美しいものとは何か、それは結局何でもないことにちがひない。

今にして、私は昼寝して、空が真青だ、あんな真青な空に化したいと号泣する夢をみる。荒涼とした浮世に於ける、つらい暗い生活が私にもある。しかし、人生のこと何がはたして夢以上に切実であるか。春の美しい一日はたしかにある。

雲

雲にはさまざまの形があり、それを眺めてゐると、眺めてゐた時間が溶け合つて行く。

はじめ私はあの雲といふものが、何かのシンボルで獣や霊魂の影だと想つた。

ナポレオンの顔に似た雲を見つけたり、天狗の嘴に似た雲を見つけたことがある。石榴の樹の上に雲は流れた。

雲はすべて地図で、風のために絶えず変化してゆく嘆きでもあつた。金色に輝く夏の夕べの雲、濁つてためらふ秋の真昼の雲、それを眺めて眺めてあきなかつた中学生の私がある。

何時からともなく雲を眺める習慣が止んだ。私の頭上に青空があることさへ忘れ、はしたない歳月を迷つた。けれども雲はやつぱし絶えず流れつづけてゐた。そして今、私が再び雲に見入れば、雲は昔ながらの、雲のつづきだ。

青葉の頃

葉もれ陽

簷には深々と青梅の葉が茂り、青空は簷のむかふに淵をなし、年老いた母はまぶしい葉もれ陽の縞に眼をしばたたく。もののかたちがもうよくみえないのだよ、お前がむかふからきたとしてもお前だといふことはわかるのだが顔なんかはつきりしないのだよ。ふるさとの梅は見違へるほど丈も伸びたし、はつなつの陽はかあつと明るいのに。

松の芽

その島を訪れた。その島はみどりの肩を聳やかし、路といふ路が怒つてゐた。
足もとの崖から伸びてゐる松の新芽はひりひりと陽の光にふるへ、油のやうな
青空にむかつて伸びてゐた。

夕ぐれ

水々しい季節の夕ぐれが、友情を呼んだ。その友に逢ひに行く途中、くねく
ねうねつた坂を通つた。坂のまはりに青葉はゆれ、やさしい燈もみえてゐた。
黒ずんだ崖石や、埃つぽい家屋がもつれて、路は自づと袋路に入つた。すると

或る軒の玄関から、ひよいと、その友の顔が現れた。
あの晩は娯しかつたね、と、ずうつと後になつて、その友は云ふのであつた。

朝　昼　晩

心身の疲労がほどよく拭はれてゐて、爽やかな朝といふものがある。これが少しく曲者である。今日ならば何でも出来るぞ、と空白のなかに途轍もない夢が浮上つてくる。だが、顔を洗つて一服するまで、ほんの些細なことから、それは傷けられてしまふ。一たん傷を受けたとなると、夢想はすこぶる怯懦になり、結局は空白のなかに萎縮してしまふ。あんまり爽やかすぎたから却つて一日がむなしく終るのであらうか。

○

どろんとして身も心も重苦しい午後、湿つぽい風をうけて人人は電車を待つてゐる。今日など人を訪ねたところで碌なことはありはしない、一そのこと部屋に帰つて寝転んでゐようかとも思ふのだが、どうも破れかぶれのものが人を訪ねてゆく宿命になるらしい。それにこの模糊とした空気のなかでは、相手の精神もどろんとしてゐるだらうし、いらだたしい気分ながら摩擦は却つておこらないのかもしれない。

○

タバコを吸ひながら読んだ本の一頁が、夜ふけにぐつと脳に喰ひさがつてきた。それには何も素ばらしいことは述べてなかつたのに、ただ頭にはつきり映じたといふことだけで、奇妙に軽い興奮がうづまき、その観念のまはりを寝そびれた思考がいつまでもうろついてゐる。ここからは恐らく何ものも生れて来ない筈なのに、やつぱし明確なもののまはりを混沌がとりかこんでゐて、それが明日への疲れを既にもう準備してゐるやうなのだつた。

千葉海岸の詩・海の小品

千葉海岸の詩

a

我れ生存に行き暮れて
足どり鈍くたたずめど
満ち足らひたる人のごと
海を眺めて語るなり

b

あはれそのかみののぞき眼鏡に

東京の海のあさき色を
今千葉《ここ》に来て憶ひ出すかと
幼き日の記憶熱をもて妻に語りぬ

c

ここに来て空気のにほひを感じる
うつとりと時間をかへりみるのだ
ひなげしの花は咲き
麦の穂に潮風が吹く

d

青空に照りかがやく樹がある
かがやく緑に心かがやく
海の近いしるしには
空がとろりと潤んでゐる

e

広い眺めは横につらなる
新しい眺めは茫としてゐる
遠浅の海は遠くて
黒ずんだ砂地ばかりだ

f

暗い海には三日月が出てゐる
暗い海にはほの明りがある
茫として微かではあるが
あのあたりが東京らしい

g

外に出てみると月がある
そこで海へ行つてみた
舟をやとつて乗出した

やがて暫くして帰つた

h

夜の海の霧は
海と空をかくし
眼の前に闇がたれさがる
闇が波音をたてて迫る

i

日は丘にあるが

海はまだ明けやらぬ
潮の退いた海にむかつて
人影は一つ進んで行く

海の小品

蹠《あしうら》

あたたかい渚に、蹠に触れてゴムのやうな感じのする砂地がある。踏んでゐるとまことに奇妙で、何だか海の蹠のやうだ。

宿かり

じつと砂地を視てゐると、そこにもこゝにも水のあるところ、生きものはゐるのだつた。立ちどまつて、友は、匐つてゐる小さな宿かりを足の指でいぢりながら、

「見給へ、みんな荷物を背負はされてるぢやないか」と珍しげに呟く。その友にしたところで、昨夕、大きなリックを背負ひながら私のところへ立寄つたのだつた。

渚

歩いてゐると、歩いてゐることが不思議におもへてくる時刻である。重たく澱んだ空気のとばりの中へ足が進んで行き、いつのまにか海岸に来てゐる。赤く濁つた満月が低く空にかゝつてゐて、暗い波は渚まで打寄せてゐる。ふと、もの狂ほしげな犬の啼声がする。波に追はれて渚を走り廻つてゐる犬の声なのだ。ふと、怕くなつて渚を後にひきかへして行くと、薄闇の道路に、犬の声は、いつまでもきこえてくる。

初出一覧

＊初出が家庭内同人誌『沈丁花』『霹靂』、および友人との同人誌『少年詩人』である作品については、〈　〉でその次に掲載された書誌も示した。

原民喜詩集（『原民喜詩集』として、昭和二十六年七月、細川書店より刊行）
ある時刻（『三田文学』昭和二十一年十・十一月合併号）
小さな庭（『三田文学』昭和二十一年六月号）
画集
「落日」「故園」「記憶」「植物園」「黒すみれ」「真昼」「露」「部屋」「一つの星に」（『高原』昭和二十三年七月号）
「はつ夏」「気鬱」「祈り」（『晩夏』昭和二十三年五月号）
「夜」「死について」「冬」（『高原』昭和二十四年五月号）
原爆小景

「コレガ人間ナノデス」(『近代文学』昭和二十三年九月号(「戦争について」に挿入))
「燃エガラ」(小説集『夏の花』能楽書林、昭和二十四年二月)
「火ノナカデ　電柱ハ」(『凝視』二号、昭和二十六年一月)
「日ノ暮レチカク」(『詩学』昭和二十五年七月号)
「真夏ノ夜ノ河原ノミヅガ」(『群像』昭和二十四年八月号(「鎮魂歌」に挿入))
「ギラギラノ破片ヤ」(『三田文学』昭和二十二年六月号(「夏の花」に挿入))
「焼ケタ樹木ハ」(「原爆小景」として初出)(『近代文学』(特別号)昭和二十五年八月号)
「水ヲ下サイ」(『三田文学』昭和二十六年七月号(「永遠のみどり」(小説)に挿入))
「永遠のみどり」(『中国新聞』昭和二十六年三月十五日)

魔のひととき

「魔のひととき」(『三田文学』昭和二十五年三月号)
「外食食堂のうた」(『近代文学』昭和二十四年十月号)
「讃歌」(『近代文学』昭和二十五年八月号)
「感涙」「ガリヴァの歌」「家なき子のクリスマス」(『原民喜詩集』細川書店、昭和二

十六年七月）
「碑銘」（『歴程』昭和二十六年二月号）
「風景」（『歴程』昭和二十六年三月号）
「悲歌」（『歴程』昭和二十六年四月号）

拾遺詩篇

詩集その一　かげろふ断章

昨日の雨

「散歩」「四月」「眺望」「遅春」「夏」「川」「川」「小春日」「秋空」「遠景」「波紋」「愛憐」「月夜」「淡景」「疲れ」「京にて――悼詩」「旅懐」「雲」「川の断章」「五月」「白帆」「四月」「花見」「青葉」「ねそびれて――熊平武二に」「昨日の雨」「卓上」「青空」「小曲」「冬の山なみ」（『原民喜詩集』青木文庫、昭和三十一年八月）

「蟻」（『少年詩人』四号、大正十三年十一月〈『近代文学』昭和二十六年八月号〉）

「机」「冬」(『春鶯囀』二号、大正十五年)
「春望」「山」「梢」(『春鶯囀』創刊号、大正十五年一月)
「海」(『近代文学』昭和二十六年八月号)
「偶作」「春雨」(『春鶯囀』三号、大正十五年三月)
「冬晴」「春の昼」(『春鶯囀』四号、大正十五年五月)
「旅の雨」(『沈丁花』一号、大正十五年九月〈『原民喜詩集』青木文庫、昭和三十一年八月〉)

断章

「藤の花」「夏」「昼」「朝」「夜の秋」「虚愁」「菜花」「波の音」「冬苑」「二月」「車窓」「師走」「六月」「不眠歌」「声」「晩春」「五月」「冬の日」「夜想」「窓」「月夜」「反歌」「回想」(『原民喜詩集』青木文庫、昭和三十一年八月)
「朝の闇」(『霹靂』一巻、昭和二年六月〈『原民喜詩集』青木文庫、昭和三十一年八月〉)

散文詩

「なぜ怖いか」(『沈丁花』一号、大正十五年九月〈『凝視』四号、昭和二十六年七月〉)

「饗宴」「散歩」(『詩稿』昭和十二年一月号)

「五月闇」「酸漿」「秋雨」「喪中」「彷徨」「無題」(『原民喜詩集』青木文庫、昭和三十一年八月)

「朝昼晩」(『詩風土』昭和二十二年七月号)

「詠嘆二章」(『メッカ』昭和十一年三月号)

「青葉の頃」(『メッカ』昭和十一年五月号)

千葉海岸の詩・海の小品

千葉海岸の詩(『定本原民喜全集Ⅲ』青土社、昭和五十三年十一月)

海の小品(『野性』昭和二十五年九月)

原民喜年譜

一九〇五年（明治三十八年）

十一月十五日、広島市幟《のぼり》町《ちょう》一六二番地（現・中区幟町）にて、父信吉、母ムメの第八子、五男として生まれる。

父信吉は一八六六年二月生まれ、青年時代、親戚筋にあたる元士族の村岡家の商店に奉公に出て、日清戦争が始まった一八九四年の十二月一日、独立して陸海軍・官庁御用達の縫製業を営む原商店を創業。原商店は軍服やテントの製造・卸によって発展、一九一四年に合名会社となり、幟町界隈に工場や多くの貸家を所有するようになる。民喜という名は、九月五日に終結した日露戦争で日本が勝利して「民が喜ぶ」という意味で名付けられたという。

母ムメは一八七四年生まれ、広島市胡《えびす》町《ちょう》の久《く》保《ぼ》甚《じん》兵《べ》衛《え》の二女で、一八九〇年に信吉と結婚。民喜は、母が自分を身ごもっていたときに火事を目にして怖れを感じたことが、恐怖を感じやすい自身の性格形成に影響したのではないかと考えていた。

十二人のきょうだいは次のとおり。長女操（一八九一―一九二四）、長男英雄（一八九三―一八九五）と二男の憲一（一八九五―同）は早世、少年時代に民喜に聖書の世界を伝え、二十一歳で亡くなった二女ツル（一八九七―

一九一八)、実質的に長兄であった三男信嗣(一八九九—一九八七)、三女千代(一九〇二・一月—一九九三)、四男で民喜がもっとも慕った三歳年上の兄守夫(一九〇二・十二月—一九七八)、六男で四歳で亡くなった弟の六郎(一九〇八—一九一二)、結婚して一時倉敷市に住んだ四女千鶴子(一九一〇—一九七七)、夫を亡くして幟町の原家へ戻っていた際に信嗣一家や民喜らと原爆被災し、ともに避難した五女の恭子(一九一二—一九九三)、村岡家の養子となり、ベルリンオリンピックにホッケーの代表選手として出場した七男の敏《さとし》(一九一六—一九七三)。

一九一二年(明治四十五・大正元年)　七歳

四月、広島県広島師範学校附属小学校(現・広島大学附属東雲小学校)の二部(男女共学クラス)に入学。学校だより『家宝』に、尋常科三年時に作文「みたきへゑんそく」が、尋常科四年時に「提灯行列」が掲載される。この頃から作文が得意であった。六月十九日、弟六郎、死去。

一九一七年(大正六年)　十二歳　小学六年生

二月二十七日、父信吉が胃癌のため死去、享年五十一歳。やさしく庇護者であった父を亡くしたことで、家族や店の従業員との人間関係に微妙な変化が生じ、「世に漲《みなぎ》る父性的のもの」の圧迫を感じ、死の問題を抱えて無口で内向的な性格になる。この頃から、二階の自室から見える楓に愛着を感じ、霊魂のやすらう場所と思うようになった。八月、兄守夫に誘われて、二人で原稿綴じの家庭内同人誌『ポギー』を作る。九月に二号を作成。家庭内同人誌は一九二五年から守夫が編集を担当、他のきょうだいも参加して、誌名を『せれなで』『沈丁花《じんちょうげ》』『霹靂《へきれき》』と変えながら一九二九年まで断続的に約十二年間続いた(民喜の参加は一九二八年『霹靂』二巻まで)。守夫は青少年期の民喜に本を貸し与え、詩作を促し、文学の道へ導いた。

一九一八年(大正七年)　十三歳　小学校高等科一年生

三月、広島県広島師範学校附属小学校尋常科卒業。広島高等師範学校附属中学校(現・広島大学附属中学校)を受験したが不合格となり、四月、附属小学校高等科に進学。春、姉金桝《かねます》ツルを見舞い、聖書の世界を教えられ、生まれ変わるような衝撃を受ける。六月二十四日、ツルが腹膜結核のため死去、享年二十一歳。形見として『聖書』を譲り受け、最晩年まで愛読して亡きツルを慕った。九月、慶應義塾大学に進学していた兄信嗣宛てに、「近状通信」と題した生活の様子を綴った書簡を送る。

一九一九年(大正八年)　十四歳　中学一年生

四月、広島高等師範学校附属中学校に入学。このとき既に「小説家志望一点張り」で、国語・作文は傑出していた。二学期、クラスの会誌に「絵そら琴をひく人」という筆名で小説を発表。学内では無言を貫き、四年間、級友も教師も民喜の「声」をほとんど聞くことがなかったという。体操の動作なども不器用で出来なかったことから、級友たちのからかいの的になる。

一九二〇年（大正九年）　十五歳　中学二年生
十月、『ポギー』三号に詩「楓《おうかいで》」「キリスト」などを表し、ホイットマンの『草の葉』に感激して、筆名に「草葉」を用いる。この年、兄守夫は、慶應義塾大学経済学部予科へ入学。守夫は、翌年胸を患い、慶應大を中退、広島で療養した後、一九二二年四月に同志社大学経済学部へ入学、同年六月十一日に同志社教会にて総長であった海老名弾正より洗礼を受けた。

一九二一年（大正十年）　十六歳　中学三年生
八月、『ポギー』四号を発行、短編小説「槌の音」を表す。

一九二三年（大正十二年）　十八歳　中学五年生
三月、附属中学校四年を修了。大学予科の受験資格を得て、五年進級後は一年間ほとんど登校せず、文学に浸る日々を送る。中学時代、ゴーゴリ、チェーホフ、ドストエフスキーなどの十九世紀ロシア文学や、バルビュス、ヴェルレーヌ、日本の作家では自然主義作家のほか、島崎藤村、高浜虚子、佐藤春夫、宇野浩二、室生《むろう》犀星《さいせい》らを読み耽る。五月、熊平武二の誘いを受けて謄写版刷りの同人誌『少年詩人』創刊号に詩を寄せ、四号まで続けて寄稿した。同人は武二と、武二が交流をもった他校の末田信夫（長光太《ちょうこうた》）と銭村五郎の三人で、他に執筆者として、民喜、澄田廣史、続木《つづき》公《きみ》大《ひろ》、岡田二郎、木下進、永久博郎らがいた。この頃、武二、銭村とは特に親しく付き合い、長光太とはこのときに出会って生涯の友となった。

一九二四年（大正十三年）　十九歳　大学予科一年生

四月、慶應義塾大学文学部予科に入学、フランス語を第二外国語とするBクラスに所属した。芝区三田四国町（現・港区芝）の金沢館に下宿。同期に、石橋貞吉（山本健吉）、庄司総一、宇田久（零雨）、田中千禾夫《たなかちかお》、滝口修造、厨川文夫《くりやがわふみお》、樋口勝彦、北原由三郎《きたはらよしさぶろう》、大久保《おおくぼ》洋《ひろ》海《み》、蘆原英了《あしはらえいりょう》、深見吉之助、北原武夫らがいた。クラス会の自己紹介で「私はコスモポリタンです」と一言述べる。同じクラスの山本健吉と親しくなり、同学部予科に進んだ熊平武二と三人でよく行き来するようになる。武二の影響で、正岡子規、松尾芭蕉に親しみ、特に与謝蕪村を愛し、句作もはじめる。五月、山本健吉と慶應義塾大学劇研究会が主催した小山内薫《おさないかおる》の「築地小劇場創立記念講演」を三田の講堂へ聞きに行く。毎月のように築地小劇場で翻訳劇を見た。

一九二五年（大正十四年）　二十歳　大学予科二年生

トルストイやスティルナー、フロイト、ワイニンゲル、ロンブローゾ、萩原朔太郎、斎藤茂吉、辻潤などを読み、ダダイズムに傾斜し、一月から四月にかけて糸川旅夫のペンネームで、広島の『芸備日日新聞』にダダ風の作品を発表。

一九二六年（大正十五・昭和元年）　二十一歳　大学予科三年生

一月、熊平武二の意向を通した編集で同人誌『春鶯囀《しゅんのうでん》』を発行、発行所は武二宅。同人は、『少年詩人』のメンバーであった武二、末田信夫(長光太)、銭村五郎、澄田廣史、木下進、永久博郎、民喜に、武二の兄で安芸清一郎の筆名で第九・十次『新思潮』の同人であった熊平清一と石橋貞吉(山本健吉)が加わったかたち(四号に中川史郎も参加)。創刊号には北原白秋が詩一編を寄せ、装幀は岸田劉生らの結成した草土社出身の河野《こうの》通勢《みちせい》(四号は鵜月《うづき》左青《させい》)、伊《い》上凡骨《がみぼんこつ》の木版で、鳥の子紙を用いた豪華版であったが、資金不足により五月発行の四号で廃刊。同誌に四行詩や詩評、随筆などを発表した。四月、英国帰りの西脇順三郎が文学部教授に就任し、クラス担任となる。九月、家庭内同人誌『沈丁花』一号に俳句を表す。天が崩れ落ちることを心配した杞国人の憂いをいう中国の『列子』の故事から、天の崩れ落ちるイメージは実感だといい、「杞憂亭」と号する。十月、『沈丁花』二号発行。

同月、熊平武二、長光太、山本健吉、銭村五郎と原稿綴じの回覧雑誌『四五人会雑誌』を作り、俳句や小説、随筆、雑文などを表す。この頃から短編小説を書きはじめる。大学時代、長髪にして高級煙草を吸い、悪戯に「感覚派宣言」と書いたポスターを作って大学掲示板に貼るなど、友人らと遊ぶうちに世の中と融和しはじめた。吃音気味で、電車や自動車などの車類に異常な怖れを感じ、「轢死《れきし》の怖れに引き込まれる幻想」を抱いていたが、酒を飲むと饒舌になり、電柱を登って自室に入ることもあった。長光太と夜を徹して幼少期の心の傷について語り合い、親友になる。昼夜逆転の生活で読書、創作に耽り、大学予科の出席日数が不足し、学部進級が二年遅れた。長光太や山本健吉らとともにブハーリン、プレハーノフ、レーニンなどのマルクス主義文献に接しはじめ、次第に左翼運動へ関心を深める。

一九二七年（昭和二年）　二十二歳　大学予科（四年目）

一月、家庭内同人誌『沈丁花』三号、六月、家庭内同人誌『霹靂』一巻。『霹靂』の題は民喜の命名による。

一九二八年（昭和三年）　二十三歳　大学予科（五年目）

二月、回覧雑誌『四五人会雑誌』十二号、九月、家庭内同人誌『霹靂』二巻、『四五人会雑誌』十三号。『四五人会雑誌』は、長光太、山本健吉、民喜が左翼思想に傾いたため、十三号で終了した。

一九二九年（昭和四年）　二十四歳　大学一年生

四月、文学部英文科に進学。主任教授は西脇順三郎、同科に井上五郎、厨川文夫、庄司総一、樋口勝彦、滝口修造らがいた。この年から翌年にかけてR・S（Reading Society マルクス主義文献の読書会）に参加し、慶應義塾大学生の小原（氷室）武臣が山本健吉らに呼びかけて学内につくった日本赤色救援会（通称モップル）東京地方委員会城南地区委員会に所属、モップルの会合はほとんど民喜の下宿で開かれた。

一九三〇年（昭和五年）　二十五歳　大学二年生

晩秋の頃、慶應義塾大学英文科の学生であった泉充をR・Sにオルグし、断られる。十二月下旬、小原武臣の指示で広島地区の救援オルグとして派遣される。

一九三一年（昭和六年）　二十六歳　大学三年生

一月上旬、広島市の原家にて胡川清に日本赤色救援会の広島地区委員会を組織するよう勧め、同意を得る。その後、胡川は会の組織化のために活動し、四月六日、検束される。胡川が検束された前後に、民喜も東京で検束される。六月、予審廷で胡川と対面、喚問を受けた。その後、組織の衰弱化、崩壊に伴い、自然に運動から離れた。以後、酒と女に傾き、一時ダンスに凝る。

一九三二年（昭和七年）　二十七歳　大学卒業

卒業前に港区桐ヶ谷の長光太宅の二階へ寄寓。三月、文学部英文科を卒業。卒業論文は「Wordsworth 論」。一時、縁者の経営するダンス教習所の受付の仕事に就く。横浜・本牧の女性を身請けして自由にし、光太宅の二階で同棲生活をはじめるが、半月も経たないうちに逃げられる。初夏、カルモチン自殺を図り、大量にのみすぎて嘔吐し未遂に終わる。暮れ頃、光太とともに千駄ヶ谷の明治神宮外苑裏のアパートに移る。この頃、実家から結婚しなければ仕送りを止めると迫られる。

一九三三年（昭和八年）　二十八歳

三月十七日、広島県豊田郡本郷町大字本郷（現・三原市本郷町）出身の永井貞恵と見合い結婚。貞恵は一九一一年九月十二日生まれで、肥料業を中心に米穀、酒造を商む永井菊松、スミの第五子、兄三人と姉一人があり、特に親しかった三歳下の弟、善次郎は評論家の佐《さ》々《さ》木《き》基《き》一《いち》（筆名）、一九二八年三月広島県立尾道高等女学校卒。見合いは、原家の隣家に住む三吉光子が貞恵の母の実家と親戚で、原家ともつながりがあったことから両家を仲介した。民喜は中学生の頃、自宅の裏庭の葡萄棚の下で少女の貞恵と遭遇したことがあった。貞恵は気さくで利発、明るい性格で、結婚当初から民喜の文学を信頼して執筆を励まし、無口で社交の苦手な民喜を支えた。結婚後、蔵書印を杞憂の「杞」から「机」に変えた。池袋のアパートを新居とし、間もなく淀橋区柏木町(現・新宿区北新宿)の山本健吉宅の向かいに転居した。西脇順三郎も寄稿し、西脇の元でともに学んだ井上五郎が編集、発行人となって発行した同人誌『ヘリコーン』に参加し、掌篇小説を発表。同人に樋口勝彦、高木卓ら。この年頃から宮沢賢治を読み、その詩に傾倒する。賢治はこの年の九月二十一日に死去。

「稲妻、椅子と電車、牛を調弄ふ男」『ヘリコーン』創刊号、十月号。「出発、縁起に就て、透明な輪」『ヘリコーン』二号、十一月号。

一九三四年(昭和九年)　二十九歳

五月、昼夜逆転の荒れた生活が近所で噂となり、特高警察に嫌疑をかけられ、貞恵と淀橋署に検束される。過去に何度かレポの運搬をしたことを自白、一晩で釈放される。同時に検束された山本健吉は、過去のことを清算していなかったため十九日間拘留される。その間に健吉宅へ絶交状を突き付け、千葉市大字寒川字羽根子一六六七―二(現・千葉市中央区登戸)へ転居、以後十年間、同所で暮らす。健吉とは一九四八年に遠藤周作が仲を取り持つまで、約十四年間絶交した。

「比喩、雀、溺死・火事・スプーン」『ヘリコ

ーン』五号、三月号。

一九三五年（昭和十年）　三十歳

三月二十九日、同人誌『ヘリコーン』などに発表した作品をまとめて掌篇集『焔《ほのお》』を白水社より自費出版。白水社の担当者は寺村五一。文芸雑誌などに自費で広告を打ち、水上滝太《みなかみたきた》郎《ろう》や内田百閒《うちだひゃっけん》、河上徹太郎ら文壇関係者二十名以上に一斉に献本、文士を志してその一歩を踏み出す。五月十八日、『読売新聞』に中島健蔵による書評「新人・原民喜君の『焔』に就いて」が民喜の肖像写真入りで掲載される。しかし、『焔』はこの他にはほとんど反響が見られなかった。十二月、大学時代からの知友宇田零雨主宰の俳句誌『草茎』が創刊されると、貞恵とともに会員となり、原杞憂の名で投句をはじめ、一九三八年四月までの二年余り、毎月のように入選。次第に民喜夫妻は『草茎』誌上で目立つ存在となり、民喜の句は特異な作風として注目される。『メッカ』十二月号に「蝦獲《えびど》り」を発表。

『焔』白水社、三月。「蝦獲り」『メッカ』十二月号。

一九三六年（昭和十一年）　三十一歳

年の初め頃、佐々木基一を『草茎』に誘う。連句に熱中し、この年頃の歌仙に「枯野の巻」「枯草の巻」。また月に一度くらいの割合で貞恵と東京へ出て、基一宅を拠点に三田文学編集部や中島健蔵、坪田譲治、伊藤整、宇田零雨などの先輩作家や知人宅を訪問した。東京へ出る日は、朝から食べたものをすべて吐いてしまっていたという。坪田譲治の紹介で佐藤春夫を訪ね、「簡明で清潔な表現」「独自の世界」との好評を得る。貞恵が発病する一九三九年頃まで、『三田文学』を主な発表の場として短編小説を執筆、旺盛な創作活動をみせる。九月二十五日、母ムメ尿毒症のため死去、享年六十二歳。

「詠嘆二章」『メッカ』三月号。**「狼狽」『作品』**四月号。**「青葉の頃」『メッカ』**五月号。**「貂」『三田文学』**八月号。**「行列」『三田文学』**九月号。**「千葉寒川」『草茎』**十月号。**「『ルナアル日記、第四冊』に就いて」**(筆名寒川恵吉)**『図書評論』**十二月号。

一九三七年(昭和十二年)　三十二歳

三月、『句集早贇』(草茎社)に貞恵、佐々木基一とともに俳句が収録される。

「饗宴、散歩、古きノオトより」『詩稿』一月号。**「幻燈」『三田文学』**五月号。**「鳳仙花」『三田文学』**十一月号。

一九三八年(昭和十三年)　三十三歳

四月で『草茎』への投句を止める。句作は一九四五年の「原子爆弾」まで続け、一九三五年から十一年間の二六八句を「杞憂句集その一」「杞憂句集その二」としてまとめていた。小説の取材のため、四月八日から十二日頃まで、芭蕉の俳蹟を訪ねて、京都の落柿舎《らくししゃ》、伊賀上野、大津の義仲寺と幻住庵を一人旅し、夏には箱根を巡る。

「不思議」『日本浪曼派』一月号。**「玻璃」『三田文学』**三月号。**「迷路」『三田文学』**四月号。**「動物園」『慶應倶楽部』**四月号。**「旅信」『草茎』**五月号。**「暗室」『三田文学』**六月号。**「招魂祭」『三田文学』**九月号。**「自由画」『草茎』**九月号。**「魔女」『文芸汎論』**十月号。

「夢の器」『三田文学』十一月号。

一九三九年（昭和十四年）　三十四歳
九月十日、貞恵が肺結核を発病（後に糖尿病を併発）、官立千葉医科大学附属病院（現・千葉大学医学部附属病院）に入院などし、五年に及ぶ闘病生活を送ることになる。以後、作品発表は次第に減少。
「炬燵随筆」『草茎』一月号。「曠野《あれの》」『三田文学』二月号。「追悼記」（妻貞恵の女学校時代の友人黒川俊子に対する追悼文）『草茎』二月号。「湖水めぐり」（「湖水」と改題）『文芸汎論』三月号。「夜景」『三田文学』四月号。「華燭《かしょく》」『三田文学』五月号。「沈丁花」『三田文学』六月号。「溺没《できぼつ》」『三田文学』九月号。「潮干狩」『文芸汎論』九月号。

一九四〇年（昭和十五年）　三十五歳
「旅空」『文芸汎論』一月号。「鶯」『文芸汎論』四月号。「小地獄」『三田文学』五月号。「青写真」『文芸汎論』六月号。「眩暈」『文芸汎論』十月号。「冬草」『三田文学』十一月号。

一九四一年（昭和十六年）　三十六歳
四月、リルケの『マルテの手記』を読む。九月二日、空襲避難に備えて貴重品をまとめ、一九二三年から一九二八年頃までの詩を手帳に清書、附録として一九三六年作の散文詩の雑誌きりぬきを添え、「かげろふ断章」という題を付ける。十二月八日（現地時間七日）、ハワイ真珠湾攻撃で日米開戦、太平洋戦争はじまる。ラジオで十二月二十八日の香港入城式を伝える録音放送を聞き、戦車の轟音に交じる女性の叫び声にやがて迫り来る「怖ろしいことがら」を予感した。

「**雲雀**《ひばり》**病院**」『**文芸汎論**』**六月号**。「**白い鯉**」『**文芸汎論**』**九月号**。「**夢時計**」『**三田文学**』**十一月号**。

一九四二年（昭和十七年）　三十七歳

一月、船橋市立船橋中学校（一九四四年四月に県立移管、現・千葉県立船橋高等学校）に嘱託英語講師として週三回、二年間勤める。隔日で中学校と貞恵の病院へ通う。

「**面影**」『**三田文学**』**二月号**。「**淡章**」『**三田文学**』**五月号**。「**睡蓮**」『**文芸汎論**』**七月号**。「**独白**」『**三田文学**』**十月号**。

一九四三年（昭和十八年）　三十八歳

「**望郷**」『**三田文学**』**五月号**。

一九四四年（昭和十九年）　三十九歳

一月、信濃追分で結核療養していた佐々木基一が発熱して帰京。基一の母が貞恵の看病のために民喜宅へ住んでいたことから、基一も千葉の家に同居する。三月、船橋中学校退職。夏頃より長光太の紹介で朝日映画社脚本課の嘱託になり、週に一、二度勤務する。四月二十七日、基一が特高警察に治安維持法違反容疑で検挙され、世田谷署に留置される。貞恵は弟を救出するため、病床から民喜や母に見込みのありそうな人を訪ねるよう指示、約一ヶ月後、基一は突然、釈放された。この事件後、貞恵の病状は目に見えて悪化。九月二十八日、妻貞恵、肺結核と糖尿病のため死去、享年三十三歳。秋頃、一九三五年以降に発表した短編小説を「死と夢」「幼年画」という題名を付けて分類整理する。

『三田文学』は相次ぐ空襲のため、この年の十二月から一九四五年十二月まで休刊。

「**弟へ**」『**三田文学**』**二月号**（前線将兵慰問文特集）。「**手紙**」『**三田文学**』**八月号**。

一九四五年（昭和二十年）　四十歳

一月、手帳の一月四日欄に「『忘れがたみ』送附」と記す。義母と佐々木基一が帰郷することになり、「苦役に服するつもり」で広島の兄信嗣宅へ疎開して、家業を手伝うことにする。発表作や未発表の生原稿をまとめて革カバンに入れ、基一に託す。疎開前、長光太に会い、勝鬨橋《かちどきばし》へ散歩して教文館前で別れた。一月三十一日に千葉の家を引き払い、途中本郷へ寄り、二月四日広島に着く。三月六日、点呼令状が届く。二十日、原製作所（原商店は戦中、一時改称）にて広島西高等女学校学徒受入式、昼休みに動員学徒に英語を教える。四月十五日、兄守夫の次男時彦（小学五年生）と三男春彦（小学三年生）が広島県双三郡（現・三次市）へ学童疎開。五月一日、手帳に「ムッソリニー殺される」「ヒットラ死んだ万才」と記す。五月十一日、点呼を受ける。七月三日から空襲警報が頻繁になり、その度に上柳町（現・広島市中区橋本町）の兄守夫の家に寄って五歳の姪を背負い、京橋川の川上へ避難、八月五日の晩まで続いた。八月六日朝八時十五分、爆心地から一・二キロメートルの幟町の生家、兄信嗣宅にて原子爆弾被災。奇蹟的にほとんど無傷で助かり、京橋川河畔と東照宮下で二晩野宿し、持っていた手帳（「原爆被災時のノート」）に惨状を克明に記録する。八月八日、広島市郊外の八幡村（現・広島市佐伯区）へ移り、その後もノートを書き継ぎ、「コハ今後生キノビテコノ有様ヲツタヘヨト天ノ命ナランカ」と記す。その記録を基に、秋から冬にかけて小説「夏の花」(原題「原子爆弾」)を執筆、十二月半ば、『近代文学』創刊号へ寄せるため、佐々木基一宛てに速達で送付したが、原子爆弾に関する記事や作品などの発表を禁じたGHQ(連合国軍総司令部)の検閲を考慮し、『近代文学』への発表は差し控えた。この年、原爆によって、甥(兄守夫の四男)の文彦、義兄の永井菊松、兄守夫の家で夜間中学に通いながら働いていた十八歳の遠縁の原田好子を亡くす。

一九四六年(昭和二十一年)　四十一歳

一月、丸岡明の家の経営する能楽社を発行所として『三田文学』復刊。『近代文学』創刊。二月、飢餓状態にあることを知った長光太から上京を勧められる。光太から「新シイ人間ガ生レテイル。ソレヲ見ルノワ楽シミダヨ」(二月二十一日記)という速達葉書を受け取り、「新しい人間」への祈願に燃える。亡き妻との思い出を表した「忘れがたみ」を『三田文学』三月号に発表、堀辰雄に注目されはじめる。四月三日に上京して大森区馬込東二ノ八九九(現・大田区南馬込)の光太宅に寄寓する。西側に天井までガラス窓のある三畳足らずの板張りの部屋で、次第に光太の妻との関係も悪化し、「囚人のような気持」にさせられる。慶應義塾商業学校・工業学校(一九四九年両校廃校)夜間部に嘱託英語講師の職を得る。原爆被災以後、体調の優れない日々が続き、上京後も食糧難で衰弱、六月頃「餓死の一歩手前」まで追い詰められる。初夏、信濃町の慶應義塾大学病院で検査、白血球数が減少しているが当面心配ないとの診断を受ける。初秋の頃、身長が百六十四センチのところ、体重は三十四キロまで落ち、夜明け前の咳の発作に悩まされる。九月の貞恵の三回忌に「吾《われ》亦紅《もこう》」を執筆（初出は『高原』一九四七年三月号）。十月から『三田文学』の編集に加わり、丸岡明を助ける。年末から翌年始にかけて帰郷、倉敷の妹巽《たつみ》千鶴子宅と本郷へ寄り、大原美術館でセガンティーニの「アルプスの真昼」を見る。リルケを愛読。

「忘れがたみ」『三田文学』三月号。「雑音帳」『近代文学』四月号。「小さな庭」『三田文学』六月号。「冬日記」『文明』九月号。「風景・人物」『トップライト』十月号。「ある時刻」『三田文学』十・十一月合併号。「猿」『近代文学』十一・十二月合併号。

一九四七年（昭和二十二年）　四十二歳

五月頃、長光太の妻より転居するよう言い渡される。佐々木基一から、記録映画の仕事で札幌へ出張したまま音信のなかった光太が愛人を得て帰るつもりのないことを知らされる。光太は翌年七月に札幌で結婚、末田姓を改め伊藤信夫となる。光太が札幌へ居を移した後、頻繁に文通。六月頃、光太宛ての書簡で散文詩「はつ夏」を送る（初出は『晩夏』一九四八年五月号）。部屋探しに苦慮し、六月末頃、ひとまず大学の夏季休暇中のみという約束で中野区打越町一三（現・中野区中野）の甥の下宿へ移る。「夏の花」を『三田文学』六月号に発表。丸岡明の依頼で三ヶ所自主削除をし、発行停止覚悟で掲載に踏み切った。削除箇所は、民喜自身がメモしていたノートに基づき、死後一九五三年三月に角川書店から刊行された『原民喜作品集』で復元された。九月、甥の下宿を出て近くの中野区内のアパートへ移るものの、そこは先住者の担ぎ屋の女性が荷物を置いたままで立ち退かず、時折帰宅する状態にあった。十二月、前年七月に発表された小説「晩春のころ」(『胡桃』夏季号)で注目し、原稿を依頼していた野村英夫の小説「司祭の手帖」を『三田文学』十二月号に掲載。暮れに英夫の訪問を受ける。丸岡家の所有する千代田区神田神保町三丁目六番地の能楽書林へ転居する。能楽書林はそのときまで神田神保町一丁目三九番地の別の場所で営業していた。十二月三十日、長光太宛ての書簡で詩稿「冬」を送る(初出は『高原』一九四九年五月号)。十二月で慶應義塾商業学校・工業学校を退職、翌年は『三田文学』の編集と創作活動に専念する。

「吾亦紅」『高原』三月号。**「秋日記」**『四季』四月号。**「夏の花」**『三田文学』六月号。**「朝昼晩」**『詩風土』七月号。**「小さな村」**『文壇』八月号。**「廃墟から」**『三田文学』十一月号。**「雲の裂け目」**『高原』十二月号。**「氷花」**『文学会議』十二月号。**「西南北東」**『詩風土』十二月号。

一九四八年(昭和二十三年)　四十三歳

二月十九日、丸岡家(丸岡明の母と明夫妻、明の弟大二の家族)が能楽書林へ入居、二階の部屋から一階の四畳半へ移る。同所で『三田文学』の編集が行われたことから、同人との交流が盛んになる。三月、長光太の詩集『登高《とうこう》』のための「跋《ばつ》」を執筆。光太の詩集については一九四七年六月頃から出版社へ働きかけ、草野心平による「序」も得ていたが、光太自身の推敲が終わらず出版を断念、のちに長光太資料の寄贈を受けた北海道文学館(平原一良編)によって二〇〇七年八月に刊行された。四月十五日頃、母の遺産として受け継いでいた広島市上柳町(現・中区橋本町)の土地の売却を相談するため帰郷。五月二十九日、光太宛ての書簡で詩「感涙」を送る。六月、『近代文学』の同人となる。『三田文学』六月号の後記で「人間とはいかなるものかといふことを切実に新しい問題として今は多くの人が考えている時であらう」と記し、同号から「Essay on Man」のシリーズを開始。「死について」にはじまり、愛、孤独、狂気など民喜の選んだ主題について各回二、三人ずつが執筆する企画で、一九四九年八月号の「戦争について」まで十三回分を編んだ。六月中旬、能楽書林で行われた三田文学の合評会で、この年の春に慶應大学仏文科を卒業し、評論家として出発したばかりの遠藤周作と知り合う。以後、遠藤は週に一度は民喜の部屋を訪れ、二人は酔えば「お父さん」「ムスコ」と呼び合うほどに深い親交を結んだ。十月、遠藤の仲介で絶交していた山本健吉に会い、旧交を回復する。十一月二十一日、野村英夫が結核悪化のため三十一歳で死去。十二月、「夏の花」が、鈴木重雄の小説「黒い小屋」、加藤道夫の戯曲「なよたけ」とともに第一回水上滝太郎賞を受賞、広く知られるようになる。十二月十一日、水上滝太郎賞記念の会が毎日ホールで開催され、佐藤春夫は受賞者挨拶の段になると予定外に登壇し、特に民喜のために紹介の辞を述べた。この頃、フランシス・ジャムを読む。

「**二つの手紙**」(佐々木基一との往復書簡)『**月**

刊中国』二月号。「曲者」『進路』二月号。「はつ夏、気鬱、祈り」『晩夏』五月号。「昔の店」『若草』六月号。「星のわななき」『饗宴』六月号。「画集」『高原』七月号。「愛について」『三田文学』七月号。「飢ゑ」『思索』八月号。「朝の礫」『饗宴』八月号。「戦争について」『近代文学』九月号。「平和への意志」『国際タイムス』九月五日。「火の踵《かかと》」『近代文学』十月号。「翳《かげ》」『明日』十一月号。「災厄の日」『個性』十二月号。

一九四九年（昭和二十四年）　四十四歳
『三田文学』一月号に「第一回水上滝太郎賞略歴と感想」と佐藤春夫の「原民喜君を推す」が掲載される。二月、原爆被災の体験に基づく作品をまとめ、能楽書林より小説集『夏の花』を刊行、献辞として『聖書』の「雅歌」の末部を掲げる。同書を中島健蔵に贈った際、見返しに「エレミヤ哀歌」の一節として「われこの事を心におもひ起せり／この故に望みをいだくなり」と記す。五月十二日、群像編集長高橋清次の訪問を受け、六月十日までに原稿用紙百枚の長編を依頼され、一時『三田文学』の編集から離れ、「鎮魂歌」（『群像』八月号）の執筆に集中する。五月十六日、『群像』の扉へ掲載するための肖像写真を九段下にて撮影、撮影者牛木嘉一。六月頃、戦争で夫を亡くし『三田文学』で編集助手をしていた女性が身の回りの世話もしてくれていたことから、その人との結婚を考えて丸岡明に相談。丸岡から相手にその気持ちの無いことを聞き、涙する。夏、能楽書林近くの進駐軍接収住宅に住み、占領軍事務所でタイピストをしていた二十歳すぎの祖田祐子と知り合い、「奇蹟だ」と語る。八月二十五日、堀辰雄の『牧歌』(早川書房)が刊行され、堀から署名入りの本を贈られる。この年いっぱいで丸岡とともに『三田文学』の編集を辞し、若手と交替した。編集最後となった十二月号は現代詩特集号。一九四九年の心根として大学ノートの裏表紙に「Three negation in 1949 / no marriage / no comminist《ママ》 / no chatholic《ママ》」(一九四九年における三つの拒否　結婚しない／入党しない／カトリックの洗礼を受けない・編者訳)と記す。

「壊滅の序曲」『近代文学』一月号。「魔のひととき」(小説)『群像』一月号。小説集『夏の花』(ざくろ文庫5)能楽書林、二月。「死と愛と孤独」『群像』四月号。「夜、死について、冬」『高原』五月号。「火の唇」『個性』五・六月合併号。「苦しく美しき夏」『近代文学』五・六月合併号。「渡辺一夫著『狂気について』など」『三田文学』七月号。「母親について」『教育と社会』七月号。「鎮魂歌」『群像』八月号。「夢と人生」『表現』八月号。「二つの死」『文潮』三集・七月号。「悪夢」『夕刊新大阪』七月十四日。「長崎の鐘」「外食食堂のうた」『近代文学』十月号。「沙漠の花」『報知新聞』十月十三日。「『冬の旅』と『印度リンゴ』」『近代文学』十二月号。「抵抗から生れる作品世界――石川淳著『最後の晩餐』評」『読書倶楽部』十二月号。

一九五〇年(昭和二十五年)　四十五歳

一月、庄司総一に下宿を探してもらい、武蔵野市吉祥寺二四〇六(現・吉祥寺南町)川崎方へ転居。静かな環境で創作に専念。二月中旬、千葉時代のノートを清書する。遠藤周作がフランス・リヨンへ留学することを知る。早春の頃、遠藤と祖田祐子とその従妹と多摩川でボートに乗り、「ぼくはね、ヒバリです。ヒバリになっていつか空に行きます」と呟く。四月十五日に行われた日本ペンクラブ広島の会主催の「世界平和と文化大講演会」に参加するため帰郷。中央公民館にて午後二時から開催され、一人五分の持ち時間で「原爆体験以後」と題して講演、「平和の運動が広島からおこるのは当然すぎることだ、私はその運動が根強く力強いもので、ねばり強いものであることをのぞんでいる　私は数少い原爆体験作家としてヒロシマの名誉のために今後とも大いに努力のムチを打ちつづけよう」と語った。その後、宮島町の旅館にて重藤文夫、谷本清、阿部知二、芹沢光治良ら十二名との座談会に出席(「原爆体験者と作家が語る広島現地座談会」『キング』八月号)。これが最後の帰郷と考え、親族、友人を訪ね歩き、ゆかりの地を巡った。帰京後、中国新聞記者の金井利博宛てに詩「永遠のみどり」を送る(初出は『中国新聞』一九五一年三月十五日)。父の遺産の株券を売却。五月、遠藤に「エメラルドの空から」で始まるなぞかけの詩を送る。六月四日、遠藤がフランス留学のため、横浜港からフランス船マルセイエーズ号で出航、埠頭で一番あとになるまで残って見送った。十月、原商店への出資金を換金。十二月二十日、群像編集部の大久保房男宛ての書簡で「仮に僕が自殺したとしても、これは単なる事故のやうなものになるでせう」と書き送る。十二月二十三日、長光太宛ての書簡で詩「家なき子のクリスマス」と詩「碑銘」を送る。

「惨めな文学的環境」(山本健吉におくる手紙)『都新聞』二月六日。「魔のひととき」(詩)『三田文学』三月号。「胸の疼き」『近代文学』三・四月合併号。「美しき死の岸に」『群像』四月号。「原爆体験以後」『夕刊中国』四月二十日。「檀一雄『リツ子・その死』――創芸社刊――」『人間』六月号。「原爆小景」(「日ノ暮レチカク」と改題)『詩学』七月号。「五年後」『中国新聞』七月二十三日。「讃歌」『近代文学』八月号。「より美しくより和やかに」『ひろしま』八月号。「原爆小景」(「焼ケタ樹木ハ」と改題)『近代文学』(特別号)八月号。「一匹の馬」『夕刊伊勢』八月六日(『名古屋タイムズ』八月七日、『新山梨』八月九日)。「海の小品」『野性』九月号。「二つの頭」『北海道新聞』十月二十八日。「火の子供」『群像』十一月号。「燃エガラ」『歴程』十一月号。「気絶人形」『夕刊とうほく』十一月六日。「広島の牧歌」『中国新聞』十二月七日。

一九五一年(昭和二十六年)　四十五歳

年のはじめ、島崎通夫(島朝夫)に「いい訳の聖書があったら教えて」と声をかける。二月十七日、繊維組合の旅行で上京した兄信嗣と守夫に上野公園西郷隆盛像前で会い、写真撮影、生前最後の写真となった。三月、広島で梶山季之《かじやまとしゆき》らが発行した同人誌『天邪鬼《あまのじゃく》』二巻一号の「同人雑誌に望むもの」というアンケートに応え、「感動を失はないことでしょう」と一言寄せる。

三月十三日午後十一時三十一分、国鉄(現・JR)中央線吉祥寺・西荻窪間の鉄路に身を横たえ自死した。下宿には、机上に近親者・友人に宛てた遺書十七通と、押入れに遺品と遺書二通があった。押入れに置かれていた佐々木基一宛ての折カバンの中には、丹念に整理された自作と、いつか選集が出るときがあればと目次も添えられており、大久保房男宛ての包みには「心願の国」の原稿とネクタイ、大久保と遠藤周作宛ての遺書が入れられていた。十五日、火葬、十六日、阿佐ヶ谷の佐々木基一宅で自由式による告別式。『三田文学』『近代文学』の合同葬のかたちで、葬儀委員長の佐藤春夫が短歌一首を献じ、山本健吉が「夏の花」の一節を朗読、柴田錬三郎、埴谷《はにや》雄《ゆ》高《たか》が弔辞を読み、藤島宇《ふじしまう》内《だい》が詩を朗詠した。百名を下らない会葬者で庭や露地まで溢れた。

通帳の残金は二百九十三円六十七銭。著作権は遺言により、兄守夫の次男時彦が継承。梶山季之宛てに「若き友へ」と題した原稿用紙二枚に記された手紙が残されており、五月十七日『夕刊中国新聞』に掲載、七月発行『天邪鬼』二巻二号にも収録された。

十一月十五日、広島城址に詩「碑銘」を刻んだ詩碑建立。設計谷口吉郎、陶板製作加藤唐九郎。佐藤春夫らが来広して除幕式が行われ、團伊玖磨作曲による混声合唱曲「二つの碑銘(二)遠き日の」が初演された。

「**原爆小景**」(「火ノナカデ電柱ハ」と改題)『**凝視**』二号・一月号。「**遙かな旅**」『**女性改造**』二月号。「**碑銘**」『**歴程**』二月号。「**うぐいす**」『**愛媛新聞**』二月二十七日。「**風景**」『**歴程**』三月号。「**永遠のみどり**」(詩)『**中国新聞**』三月十五日(死亡記事掲載面)。「**悲歌**」『**歴程**』四月号。「**ガリヴァ旅行記——K・Cに**」「**ラーゲルレーヴの魅力**」『**近代文学**』四月号。「**死のなかの風景**」『**女性改造**』五月号。

「心願の国」『群像』五月号。「死について」『日本評論』五月号。『ガリバー旅行記』主婦之友社、六月。『原民喜詩集』細川書店、七月。「なぜ怖いか」『凝視』四号・七月号。「永遠のみどり」(小説)『三田文学』七月号。「屋根の上」「ペンギン鳥の歌、蟻、海」「我が文学生活(*アンケート)」『近代文学』八月号。「杞憂句抄」『俳句研究』十月号。

一九五二年(昭和二十七年)
命日の三月十三日を親交のあった文学者らが辞世の詩「碑銘」の一節より花幻忌《かげんき》と命名し、花幻忌会が開かれた。以後、毎年開催。

一九五三年(昭和二十八年)
三月、広島城址の原民喜詩碑から佐藤春夫の署名入り「詩碑の記」が刻まれた銅板が盗まれる。

『原民喜作品集』(全二巻)角川書店、三月。「もぐらとコスモス」「誕生日」『近代文学』六月号。

一九五四年(昭和二十九年)
『夏の花』角川文庫、八月。

一九五六年(昭和三十一年)
『原民喜詩集』青木文庫、八月。

一九六五年(昭和四十年)
『原民喜全集』(全二巻)芳賀書店、八月。

一九六六年(昭和四十一年)
『原民喜全集』(普及版・全三巻)芳賀書店、二月。

一九六七年(昭和四十二年)
七月、破損の激しくなった広島城址の詩碑を、原爆ドーム東側に移設再建、七月二十九日除幕。

一九七〇年(昭和四十五年)

『夏の花』晶文社、七月。
一九七三年（昭和四十八年）
『夏の花・鎮魂歌』講談社文庫、五月。
『夏の花・心願の国』新潮文庫、七月。
一九七五年（昭和五十年）
「夏の花」が初めて高等学校の国語教科書に掲載される。『新版　現代国語3』三省堂。この頃から「夏の花」の教材研究が盛んになる。
一九七七年（昭和五十二年）
『原民喜のガリバー旅行記』晶文社、十二月。
一九七八年（昭和五十三年）
『定本原民喜全集Ⅰ』青土社、八月。
『定本原民喜全集Ⅱ』青土社、九月。
『定本原民喜全集Ⅲ』青土社、十一月。
一九七九年（昭和五十四年）
『定本原民喜全集別巻』青土社、三月。
一九八三年（昭和五十八年）
『日本の原爆文学1　原民喜』ほるぷ出版、八月。
一九八八年（昭和六十三年）
『小説集夏の花』岩波文庫、六月。
一九九三年（平成五年）
『夏の花』集英社文庫、五月。
一九九四年（平成六年）
『原民喜詩集』土曜美術社、十二月。
一九九五年（平成七年）
『ガリバー旅行記』講談社文芸文庫、六月。
『原民喜戦後全小説上』講談社文芸文庫、七月。
『原民喜戦後全小説下』講談社文芸文庫、八月。
一九九八年（平成十年）
『作家の自伝71　原民喜』日本図書センター、

四月。

二〇〇九年（平成二十一年）

『新編原民喜詩集』土曜美術社、八月。

二〇一〇年（平成二十二年）

八月六日、広島東照宮（東区二葉の里）に「原爆被災時のノート」の一節「コハ今後生キノビテコノ有様ヲツタヘヨト天ノ命ナランカ」を刻み、「五年後」の銘板を付した「原爆六十五周年追憶碑」が建立される。

『夏の花』日本ブックエース、七月。

『夏の花』（コミック版・漫画山田雨月）ホーム社、八月。

二〇一一年（平成二十三年）

『原民喜初期作品集——死と夢・幼年画』広島花幻忌の会、十一月。

（竹原陽子 編）

解説　悲しみの花——原民喜の詩学

若松英輔

一九四一(昭和十六)年、原民喜はリルケの作品に出会い、強く打たれる。「沙漠の花」と題する作品に彼は次のように書いている。「昔から、逞《たくま》しい作家や偉い作家なら、ありあまるほどいるようだ。だが、私にとって、心惹かれる懐しい作家はだんだん少くなって行くようだ。私が流転のなかで持ち歩いている『マルテの手記』の余白に、近頃こう書き込んでおいた」。民喜にとってリルケは、時空を超えてやってきた数少ない友だった。リルケは詩人を志す見知らぬ若者に宛てた手紙でこう書いたことがある。

あなたが書かずにいられない根拠を深くさぐって下さい。それがあなたの心の最も深い所に根を張っているかどうかをしらべてごらんなさい。もしもあなたが書くことを止められたら、死ななければならないかどうか、自分自身に告白して下さい。

何よりもまず、あなたの夜の最もしずかな時刻に、自分自身に尋ねてごらんなさい、
私は書かなければならないかと。

（『若き詩人への手紙』高安国世訳）

詩人とは、単に詩を書き記す者の呼称ではない。むしろ、詩によって生かされている者にのみささげられるべき名なのだろう。民喜は詩人である。小説「夏の花」が、十ヶ国語を超える言語に翻訳され、時代を超えて読まれているとしても、彼はリルケがいう稀有な詩人である。民喜の生涯もまた、詩に始まり、詩に閉じられた。

民喜が詩を書き始めたのは、十代の初めにさかのぼる。本書には収められていないが、兄と始めた手作りの冊子にすでに詩を書いている。その後も、書き手として認められる以前から、詩を書き続けた。だが彼は、生前に詩集を世に問うことはなかった。細川書店から『原民喜詩集』が刊行されたのは、一九五一年七月、彼が四十五歳で亡くなってから四ヶ月後のことである。

「遙かな旅」と題する小説で民喜は、妻を喪った男が手記を書き続ける姿を描き出している。一九四四年、民喜の妻貞恵は、病のために亡くなる。彼女は文字通りの意味において民喜の伴侶だった。彼は、内気を通り越したような性格で、人とうまく言葉を交

わすことができない。貞恵は民喜の口になり、耳になった。彼女は民喜と世界をつなぐ窓だった。

「妻と死別れてから彼は、妻あてに手記を書きつづけていた。彼にとって妻は最後まで一番気のおけない話相手だったので、死別れてからも、話しつづける気持は絶えず続いた」とこの作品には記されている。妻亡きあと彼は、半身を奪われたように生きねばならなかった。むしろ、書くことで彼はどうにかいのちをこの世につなぎ止めている。さらに次のような一節もある。

もし妻と死別れたら、一年間だけ生き残ろう、悲しい美しい一冊の詩集を書き残すために……

『原民喜詩集』はそうした作品集だった。詩は、民喜にとって、作品である以前に手紙だった。義弟でもあった批評家の佐々木基一に宛てた遺書で民喜は、「妻と〔死に〕別れてから後の僕の作品は、その殆《ほとん》どすべてが、それぞれ遺書だったような気がします」と書いている。

民喜は一九五一年三月十三日の夜、東京・西荻窪と吉祥寺の間の線路に身を横たえて亡くなった。詩集の原稿は、遺書と共に自宅に置かれていた。若い頃からの親友長光太《ちょうこうた》をはじめとした人々が詩集の刊行に力を注いだ。

四ヶ月後に細川書店から刊行されたこの詩集の初めには、民喜の写真と共に彼の肉筆原稿が印刷されている。そこに長が選んだのは「一つの星に」と題する作品だった。民喜はこの作品を次のように原稿用紙の中心あたりに書いた。「お前」と民喜が呼びかけているのは妻である。

わたしが望みを見うしなつて、
暗がりの部屋に横たはつてゐる
とき、どうしてお前はそれを感
じとつたのか。この窓のすき間
に、さながら霊魂のやうに滑り
おちて来て憩らつてゐた稀れな
る星よ。

この作品には二つの原稿が残っていて、まったく同じように記されている。「ある時刻」「小さな庭」「画集」に分類されている作品は皆、こうした姿で書かれていた。『原民喜詩集』では、改行のない一連の言葉として収められているが、こうしたことをどこかで感じながら読んでみると、彼のなかにあったある秩序が浮かび上がってくるだろう。民喜は表現においても秀逸な詩人だったが、形式の発見においても特筆するべき詩人だった。

本書で「拾遺詩篇」に「かげろふ断章」として収められている作品は、『原民喜詩集』とは別に民喜自身が遺稿として整理していたものである。一九五六年に刊行された青木文庫版『原民喜詩集』に初めて収められた。これらの作品のほとんどを民喜は四行詩で書いている。ヨーロッパの詩では散見される形だが、民喜が試みたのはその模倣ではない。彼は若き日、好んで俳句を詠んだ。「杞憂」という号をもっている。句境における形而上の経験をさらに深め、五七五の枠から創造的に逸脱して、今の詩として刻むこと、それが彼の試みだった。彼は透徹した美の見者であると共に、様式の模索においても従来の常識にとらわれない独創的な詩人だった。

夜は、民喜にとって妻と言葉を交わすひとときだった。むしろ、彼は朝が来るのを恐れている。人々が動き始め、世の中が喧騒にまみれるとき、声にならない死者からの呼びかけはかき消されてしまう。「星」あるいは「月」の光は、彼にとって亡き妻の来訪を告げ知らせるものだった。夜は、形而下に生きる彼を形而上の世界へと導く時の到来を意味した。「祈り」と題する作品には次の言葉が刻まれている。

もつと軽く　もつと静かに、たとへば倦みつかれた心から新しいのぞみのひらかれてくるやうに　何気なく畳のうへに坐り、さしてくる月の光を。

月光は、「新しいのぞみ」のあることを彼に啓示する。すでに逝った者の姿を見ることはできない。しかし、見えないことはそれが存在しないことを意味するのではない。今ではない。しかし、いつか再び亡き者に出会えるときがやってくる。月から放たれた光は静かに、だがたしかに、そのことを彼に告げるのである。

『原民喜詩集』は大きく三つに分けられている。百文字前後で記される散文詩群、「原爆小景」そして「魔のひととき」である。

「原爆小景」のうち「焼ケタ樹木ハ」を、亡くなる前年の夏、民喜は「原爆小景」と題して『近代文学』に発表した。他の作品はいくつかの雑誌に別々に発表され、「水ヲ下サイ」は一九五〇年に書かれた小説「永遠のみどり」に、「ギラギラノ破片ヤ」は、ほとんど同じかたちで「夏の花」の一節として公表されている。「火ノナカデ　電柱ハ」「日ノ暮レチカク」の二篇は、この詩集が初出となった。『定本原民喜全集』では「原爆小景」とされた作品がすべて『近代文学』に発表されたように記されていたが、民喜研究者の竹原陽子氏が、本書に付された「年譜」を作成する過程で確認した。「年譜」も批評の一形式である。

「原爆小景」の最初に置かれた「コレガ人間ナノデス」には次のように記されている。

　コレガ人間ナノデス
　原子爆弾ニ依ル変化ヲゴラン下サイ
　肉体ガ恐ロシク膨脹シ
　男モ女モスベテ一ツノ型ニカヘル

オオ　ソノ真黒焦ゲノ滅茶苦茶ノ
爛レタ顔ノムクンダ唇カラ洩レテ来ル声ハ
「助ケテ下サイ」
ト　カ細イ　静カナ言葉
コレガ　コレガ人間ナノデス
人間ノ顔ナノデス

これらの連作で民喜は、原爆投下によって生じた陰惨な現実を描き出す。彼は自身が見たものを言葉に刻むことにおいて極めて誠実だった。「自分のために生きるな、死んだ人たちの嘆きのためにだけ生きよ」と「鎮魂歌」と題する小説――しかし、内実は散文詩といってよい――に書いたように、最初は妻にむかって紡いでいた言葉も、いつの日か未知の、無数の死者たちへの献花になっていった。民喜は「永遠のみどり」と題する詩も書いている。そこに記されているのは同名の小説の世界とは異なる光景である。そこで彼はけっして消えることのない希望を語った。この作品は、民喜が残した詩篇のなかでもっとも優れた作品の一つとなっている。

ヒロシマのデルタに
若葉うづまけ
死と焔の記憶に
よき祈よ　こもれ
とはのみどりを
とはのみどりを
ヒロシマのデルタに
青葉したたれ

一九五一(昭和二十六)年十一月十五日、広島城址に民喜の詩碑が建てられた。碑は、後年、現在の原爆ドームのそばに移設された。

没後に詩碑が建てられるなど民喜は夢想すらしなかっただろう。彼にとって「碑銘」とは、墓碑銘を意味した。それは、極限までに圧縮された彼自身の魂の告白だと考えてよい。

遠き日の石に刻み
　　砂に影おち
崩れ墜つ　天地のまなか
一輪の花の幻

この詩が、いつ書かれたのかは分からない。詩碑の裏面に佐藤春夫が寄せた一文があって、この詩は彼の遺書に添えられた絶筆だとあるが、今日ではそれが事実ではないことが分かっている。

確かに彼は、遠藤周作をはじめとした親しくした知人に宛てた遺書に「碑銘」を書き添えている。だが、彼がこの詩を最初に書き送ったのは亡くなる三ヶ月ほど前のことだった。長光太への手紙に題名を付さずに書き送った。

この詩が数ヶ月前に書かれていたことが示すように、民喜の自殺は衝動的なものではなかった。彼は遺書を十九通書き、『詩集』を含む遺稿を整理し、残る者に託した。先に見た「遙かな旅」で民喜は、「花」に亡き妻の幻を見ると記している。彼の生涯は「一輪の花の幻」を見ることに収斂《しゅうれん》していったというのである。

「幻」は民喜を読み解くもっとも重要な鍵言語の一つである。民喜は、同じく「幻」を生きたフランスの文学者ネルヴァルを読んでいる。一九五〇年二月に発表された「惨めな文学的環境」と題する山本健吉への公開書簡で民喜はネルヴァルにふれ、次のように述べている。

私は最近ジュラル・ド・ネルヴァルの「夢と人生」を読んで非常に心打たれました。その錯乱のスケールの巨きさ、美しさ。ここではヨーロッパの神と形而上学が狂気の精密な描写とかみ合って幻夢の如く表現されています。たとえネルヴァルの生涯は不幸だったにしろ、彼こそはフランス・サンボリストの先駆者の栄光を担っています。

「幻」は、ネルヴァルにとって空想の産物ではなかった。むしろ、人間が暮らす世界の奥に潜む真実在の顕われだった。それは民喜も変わらない。「幻」は消えない。人間がそれを見失うのである。それは、ネルヴァルと民喜に共通する確信だった。

民喜は遠藤周作への遺書に「悲歌」と題する詩を書いた。実物を見たことがある。表には「悲歌」、そして裏には先に見た「碑銘」が書かれてあり、遺言の最後には「これが最後のたよりです。去年の春はたのしかったね。では、お元気で……。」と書き添えてあった。

「悲歌」と題しながら民喜は、リルケの『ドゥイノの悲歌』を想い出していたのかもしれない。この悲歌でリルケは、詩作とは、死者と天使から託された言葉をこの世に刻むことだと書いた。民喜の「悲歌」は、こう謳われている。

濠端の柳にはや緑さしぐみ
雨靄につつまれて頰笑む空の下

水ははつきりと　たたずまひ

私のなかに悲歌をもとめる

すべての別離がさりげなく　とりかはされ
すべての悲痛がさりげなく　ぬぐはれ
祝福がまだ　ほのぼのと向に見えてゐるやうに

私は歩み去らう　今こそ消え去つて行きたいのだ
透明のなかに　永遠のかなたに

この一篇を自らの詩集の最後に置くことを託し、民喜は「一輪の花」の世界へとひとり歩いて行ったのだった。

本書には、細川書店版、青木文庫版の『原民喜詩集』に収められなかった作品が収録されている。「千葉海岸の詩」は、青木文庫版の『原民喜詩集』発刊後に発見されて『定本原民喜全集』(青土社)に収録された。「海の小品」は、『定本原民喜全集』にも収録されず、初出の雑誌掲載後、本書に初めて収められた。

『定本原民喜全集』には、各巻末に「拾遺集」の項目を設け、家庭内同人誌など民喜が若き日に発表した作品を収録しているが、民喜がそれを遺稿としなかったことに鑑み、本書には収めなかった。

〔編集付記〕

一、本書の底本には、青土社刊『定本原民喜全集Ⅰ―Ⅲ』(一九七八年)を用い、細川書店刊『原民喜詩集』(一九五一年)、青木文庫『原民喜詩集』(一九五六年)を参照した。全集未収録の「海の小品」は初出誌を用いた。各詩の初出は「初出一覧」に示した。

二、「原民喜詩集」の編成は細川書店刊『原民喜詩集』に拠った。

三、原則として漢字は新字体に改めた。仮名づかいは底本のままとし、振り仮名の加除は行わなかった。

(岩波文庫編集部)

原民喜全詩集《はらたみきぜんししゅう》

2015年7月16日　第1刷発行
2023年4月24日　第5刷発行

作　者　原《はら》 民《たみ》 喜《き》

発行者　坂本政謙

発行所　株式会社 岩波書店
〒101-8002 東京都千代田区一ツ橋 2-5-5

案内 03-5210-4000　営業部 03-5210-4111
文庫編集部 03-5210-4051
https://www.iwanami.co.jp/

印刷・三陽社　カバー・精興社　製本・中永製本

ISBN 978-4-00-311082-9　　Printed in Japan

読書子に寄す

——岩波文庫発刊に際して——

岩波茂雄

真理は万人によって求められることを自ら欲し、芸術は万人によって愛されることを自ら望む。かつては民を愚昧ならしめるために学芸が最も狭き堂宇に閉鎖されたことがあった。今や知識と美とを特権階級の独占より奪い返すことはつねに進取的なる民衆の切実なる要求である。岩波文庫はこの要求に応じそれに励まされて生まれた。それは生命ある不朽の書を少数者の書斎と研究室とより解放して街頭にくまなく立たしめ民衆に伍せしめるであろう。近時大量生産予約出版の流行を見る。その広告宣伝の狂態はしばらくおくも、後代にのこすと誇称する全集がその編集に万全の用意をなしたるか。千古の典籍の翻訳企図に敬虔の態度を欠かざりしか。さらに分売を許さず読者を繋縛して数十冊を強うるがごとき、はたしてその揚言する学芸解放のゆえんなりや。吾人は天下の名士の声に和してこれを推挙するに躊躇するものである。このときにあたって、岩波書店は自己の責務のいよいよ重大なるを思い、従来の方針の徹底を期するため、すでに十数年以前より志して来た計画を慎重審議この際断然実行することにした。吾人は範をかのレクラム文庫にとり、古今東西にわたって文芸・哲学・社会科学・自然科学等種類のいかんを問わず、いやしくも万人の必読すべき真に古典的価値ある書をきわめて簡易なる形式において逐次刊行し、あらゆる人間に須要なる生活向上の資料、生活批判の原理を提供せんと欲する。この文庫は予約出版の方法を排したるがゆえに、読者は自己の欲する時に自己の欲する書物を各個に自由に選択することができる。携帯に便にして価格の低きを最主とするがゆえに、外観を顧みざるも内容に至っては厳選最も力を尽くし、従来の岩波出版物の特色をますます発揮せしめようとする。この計画たるや世間の一時の投機的なるものと異なり、永遠の事業として吾人は微力を傾倒し、あらゆる犠牲を忍んで今後永久に継続発展せしめ、もって文庫の使命を遺憾なく果たさしめることを期する。芸術を愛し知識を求むる士の自ら進んでこの挙に参加し、希望と忠言とを寄せられることは吾人の熱望するところである。その性質上経済的には最も困難多きこの事業にあえて当たらんとする吾人の志を諒として、その達成のため世の読書子とのうるわしき共同を期待する。

昭和二年七月

《日本文学（現代）》〔緑〕

怪談 牡丹燈籠	三遊亭円朝
真景累ヶ淵	三遊亭円朝
小説神髄	坪内逍遥
当世書生気質	坪内逍遥
ウィタ・セクスアリス	森鷗外
青年	森鷗外
阿部一族 他二篇	森鷗外
山椒大夫・高瀬舟 他四篇	森鷗外
渋江抽斎	森鷗外
舞姫・うたかたの記 他三篇	森鷗外
鷗外随筆集	千葉俊二編
森鷗外 椋鳥通信 全三冊	池内紀編注
浮雲	二葉亭四迷 十川信介校注
野菊の墓 他四篇	伊藤左千夫
吾輩は猫である	夏目漱石
坊っちゃん	夏目漱石
草枕	夏目漱石
虞美人草	夏目漱石
三四郎	夏目漱石
それから	夏目漱石
門	夏目漱石
彼岸過迄	夏目漱石
漱石文芸論集	磯田光一編
行人	夏目漱石
こころ	夏目漱石
硝子戸の中	夏目漱石
道草	夏目漱石
明暗	夏目漱石
思い出す事など 他七篇	夏目漱石
文学評論 全二冊	夏目漱石
夢十夜 他二篇	夏目漱石
漱石文明論集	三好行雄編
倫敦塔・幻影の盾 他五篇	夏目漱石
漱石日記	平岡敏夫編
漱石書簡集	三好行雄編
漱石俳句集	坪内稔典編
漱石・子規往復書簡集	和田茂樹編
文学論 全二冊	夏目漱石
坑夫	夏目漱石
漱石紀行文集	藤井淑禎編
二百十日・野分	夏目漱石
五重塔	幸田露伴
努力論	幸田露伴
渋沢栄一伝	幸田露伴
子規句集	高浜虚子選
病牀六尺	正岡子規
子規歌集	土屋文明編
墨汁一滴	正岡子規
仰臥漫録	正岡子規
歌よみに与ふる書	正岡子規

獺祭書屋俳話・芭蕉雑談	正岡子規
子規紀行文集	復本一郎編
金色夜叉 全二冊	尾崎紅葉
二人比丘尼 色懺悔	尾崎紅葉
不如帰	徳冨蘆花
謀叛論 他六篇・日記	徳冨健次郎 中野好夫編
武蔵野	国木田独歩
愛弟通信	国木田独歩
運命	国木田独歩
蒲団・一兵卒	田山花袋
田舎教師	田山花袋
一兵卒の銃殺	田山花袋
縮図	徳田秋声
あらくれ・新世帯	徳田秋声
藤村詩抄	島崎藤村自選
破戒	島崎藤村
春	島崎藤村
千曲川のスケッチ	島崎藤村
桜の実の熟する時	島崎藤村
新生 全二冊	島崎藤村
夜明け前 全四冊	島崎藤村
藤村文明論集	十川信介編
生ひ立ちの記 他一篇	島崎藤村
にごりえ・たけくらべ	樋口一葉
大つごもり・十三夜 他五篇	樋口一葉
修禅寺物語 正雪の二代目 他四篇	岡本綺堂
高野聖・眉かくしの霊	泉鏡花
歌行燈	泉鏡花
夜叉ケ池・天守物語	泉鏡花
草迷宮	泉鏡花
春昼・春昼後刻	泉鏡花
鏡花短篇集	川村二郎編
日本橋	泉鏡花
外科室・海城発電 他五篇	泉鏡花
湯島詣 他一篇	泉鏡花
鏡花随筆集	吉田昌志編
化鳥・三尺角 他六篇	泉鏡花
鏡花紀行文集	田中励儀編
俳句はかく解しかく味う	高浜虚子
回想 子規・漱石	高浜虚子
有明詩抄	蒲原有明
上田敏全訳詩集	山内義雄 矢野峰人編
宣言	有島武郎
一房の葡萄 他四篇	有島武郎
寺田寅彦随筆集 全五冊	小宮豊隆編
柿の種	寺田寅彦
与謝野晶子歌集	与謝野晶子自選
与謝野晶子評論集	鹿野政直 香内信子編
私の生い立ち	与謝野晶子
入江のほとり 他一篇	正宗白鳥
つゆのあとさき	永井荷風

濹東綺譚	永井荷風
荷風随筆集 全二冊	野口冨士男編
摘録 断腸亭日乗 全二冊	永井荷風 磯田光一編
すみだ川・新橋夜話 他一篇	永井荷風
あめりか物語	永井荷風
下谷叢話	永井荷風
ふらんす物語	永井荷風
浮沈・踊子 他三篇	永井荷風
花火・来訪者 他十一篇	永井荷風
問はずがたり・吾妻橋 他十六篇	永井荷風
斎藤茂吉歌集	山口茂吉 柴生田稔 佐藤佐太郎編
千鳥 他四篇	鈴木三重吉
鈴木三重吉童話集	勝尾金弥編
小僧の神様 他十篇	志賀直哉
万暦赤絵 他二十二篇	志賀直哉
暗夜行路 全二冊	志賀直哉
志賀直哉随筆集	高橋英夫編

高村光太郎詩集	高村光太郎
北原白秋歌集	高野公彦編
北原白秋詩集 全二冊	安藤元雄編
フレップ・トリップ	北原白秋
野上弥生子随筆集	竹西寛子編
野上弥生子短篇集	加賀乙彦編
お目出たき人・世間知らず	武者小路実篤
友情	武者小路実篤
釈迦	武者小路実篤
銀の匙	中勘助
鳥の物語	中勘助
若山牧水歌集	伊藤一彦編
新編 みなかみ紀行	若山牧水 池内紀編
新編 啄木歌集	久保田正文編
吉野葛・蘆刈	谷崎潤一郎
卍（まんじ）	谷崎潤一郎
幼少時代	谷崎潤一郎

谷崎潤一郎随筆集	篠田一士編
多情仏心 全二冊	里見弴
道元禅師の話	里見弴
今年竹 全二冊	里見弴
萩原朔太郎詩集	三好達治選
郷愁の詩人 与謝蕪村	萩原朔太郎
猫町 他十七篇	萩原朔太郎 清岡卓行編
恩讐の彼方に・忠直卿行状記 他八篇	菊池寛
父帰る・藤十郎の恋 菊池寛戯曲集	石割透編
河明り 老妓抄 他一篇	岡本かの子
春泥・花冷え	久保田万太郎
久保田万太郎俳句集	恩田侑布子編
室生犀星詩集	室生犀星自選
犀星王朝小品集	室生犀星
随筆 女ひと	室生犀星
出家とその弟子	倉田百三

羅生門・鼻・芋粥・偸盗　芥川竜之介
地獄変・邪宗門・好色・藪の中 他七篇　芥川竜之介
河童 他二篇　芥川竜之介
歯車 他二篇　芥川竜之介
蜘蛛の糸・杜子春・トロッコ 他十七篇　芥川竜之介
侏儒の言葉・文芸的な、余りに文芸的な　芥川竜之介
芥川竜之介俳句集　加藤郁乎編
芥川竜之介随筆集　石割透編
蜜柑・尾生の信 他十八篇　芥川竜之介
年末の一日・浅草公園 他十七篇　芥川竜之介
芥川竜之介紀行文集　山田俊治編
美しき町・西班牙犬の家 他六篇　佐藤春夫 池内紀編
海に生くる人々　葉山嘉樹
葉山嘉樹短篇集　道籏泰三編
日輪・春は馬車に乗って 他八篇　横光利一
宮沢賢治詩集　谷川徹三編
童話集 風の又三郎 他十八篇　宮沢賢治 谷川徹三編

童話集 銀河鉄道の夜 他十四篇　宮沢賢治 谷川徹三編
山椒魚・遙拝隊長 他七篇　井伏鱒二
井伏鱒二全詩集　井伏鱒二
太陽のない街　徳永直
黒島伝治作品集　紅野謙介編
伊豆の踊子・温泉宿 他四篇　川端康成
雪国　川端康成
山の音　川端康成
川端康成随筆集　川西政明編
三好達治詩集　桑原武夫 大槻鉄男選
詩を読む人のために　三好達治
中野重治詩集　中野重治
夏目漱石 全二冊　小宮豊隆
社会百面相 全二冊　内田魯庵
新編 思い出す人々　内田魯庵 紅野敏郎編
檸檬《レモン》・冬の日 他九篇　梶井基次郎
蟹工船・一九二八・三・一五　小林多喜二

富嶽百景・走れメロス 他八篇　太宰治
斜陽 他一篇　太宰治
人間失格・グッド・バイ 他一篇　太宰治
お伽草紙・新釈諸国噺　太宰治
真空地帯　野間宏
日本唱歌集　堀内敬三 井上武士編
日本童謡集　与田準一編
森鷗外　石川淳
至福千年　石川淳
近代日本人の発想の諸形式 他四篇　伊藤整
小説の認識　伊藤整
中原中也詩集　大岡昇平編
ランボオ詩集　中原中也訳
小熊秀雄詩集　岩田宏編
夕鶴・彦市ばなし 他二篇 —木下順二戯曲選II—　木下順二
元禄忠臣蔵 全二冊　真山青果
随筆滝沢馬琴　真山青果

岩波文庫の最新刊

トマス・リード著／戸田剛文訳
人間の知的能力に関する試論（下）
概念、抽象、判断、推論、嗜好。人間の様々な能力を「常識」によって基礎づけようとするリードの試みは、議論の核心へと至る。（全二冊）
〔青N六〇六-二〕 定価一八四八円

藤岡洋保編
堀口捨己建築論集
茶室をはじめ伝統建築を自らの思想に昇華し、練達の筆により建築論を展開した堀口捨己。孤高の建築家の代表的論文を集録する。
〔青五八七-一〕 定価一〇〇一円

今枝由郎・海老原志穂編訳
ダライ・ラマ六世恋愛詩集
ダライ・ラマ六世（一六八三―一七〇六）は、二三歳で夭折したチベットを代表する国民詩人。民衆に今なお愛誦されている、リズム感溢れる恋愛詩一〇〇篇を精選。
〔赤六九-一〕 定価五五〇円

バジョット著／遠山隆淑訳
イギリス国制論（上）
イギリスの議会政治の動きを分析し、議院内閣制のしくみを描き出した古典的名著。国制を「尊厳的部分」と「実効的部分」にわけて考察を進めていく。（全二冊）
〔白一二二-二〕 定価一〇七八円

…… 今月の重版再開 ……

小林秀雄著
小林秀雄初期文芸論集
定価一二七六円
〔緑九五-一〕

ロバート・A・ダール著／高畠通敏、前田脩訳
ポリアーキー
定価一二七六円
〔白二九-一〕

岩波文庫の最新刊

幸徳秋水著／梅森直之校注
兆民先生 他八篇
幸徳秋水（一八七一―一九一一）は、中江兆民（一八四七―一九〇一）に師事して、その死を看取った。秋水による兆民の回想録は明治文学の名作である。「兆民先生行状記」など八篇を併載。〔青一二五―四〕　定価七七〇円

グレゴリー・ベイトソン著／佐藤良明訳
精神の生態学へ（上）
ベイトソンの生涯の知的探究をたどる。上巻はメタローグ・人類学篇。頭をほぐす父娘の対話から、類比を信頼する思考法、分裂生成とプラトーの概念まで。（全三冊）〔青N六〇四―二〕　定価一一五五円

カール・ポパー著／小河原誠訳
開かれた社会とその敵
第一巻　プラトンの呪縛（下）
プラトンの哲学を全体主義として徹底的に批判し、こう述べる。「人間でありつづけようと欲するならば、開かれた社会への道しか存在しない。」（全四冊）〔青N六〇七―二〕　定価一四三〇円

佐々木徹編訳
英国古典推理小説集
ディケンズ『バーナビー・ラッジ』とポーによるその書評、英国最初の長篇推理小説と言える本邦初訳『ノッティング・ヒルの謎』を含む、古典的傑作八篇。〔赤N二〇七―一〕　定価一四三〇円

今月の重版再開

ガーネット作／安藤貞雄訳
狐になった奥様
定価六二七円〔赤二九七―一〕

アンドレ・ジイド著／渡辺一夫訳
モンテーニュ論
定価四八四円〔赤五五九―一〕

定価は消費税 10% 込です　2023. 4